lr

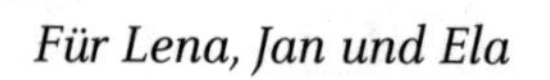

Für Lena, Jan und Ela

Peter Landerl

Stromabwärts

Erzählungen

laurin

Gedruckt mit freundlicher Unterstützung der
Direktion Kultur des Landes Oberösterreich.

1. Auflage
ISBN 978-3-902719-74-4

Universität Innsbruck, Vizerektorat für Forschung
Layout: Carmen Drolshagen
Coverdesign und Photo: Gregor Sailer
Druck und Bindung: CPI Moravia

Let's just imitate the real until we find a better one.
Notwist: *Good lies*

Aber die Zeit vergeht nicht, wir sind es, die vergehen.
François Weyergans: *Drei Tage bei meiner Mutter*

Je dichter es draußen schneite, umso heller wurde es im Hausinnern.
Xaver Bayer: *Das Buch vom Regen und Schnee*

Stromabwärts

Übergangszeit.
Im Radio in der Küche höre ich: *Diesen Spätherbst sind die Tage in Belgrad unüblich schön. Unter einem makellos blauen Himmel scheint es, als ob eher der Frühling als der Winter beginnen soll. An dem günstigen Klima stört nur, dass der Wind zu selten weht. So hängt dicker Smog über der Stadt. Politische Zustände sind gewissermaßen den klimatischen ähnlich.*

Belgrad, da denke ich an die langsam vor sich hin treibende Donau, an den Film *Underground* und natürlich an den Fußballclub Roter Stern Belgrad, der 1991 als letztes osteuropäisches Team den Meistercup, die heutige Champions League gewonnen hat. Ich erinnere mich an das Finale gegen Marseille, an Dejan Savicevic, der später bei Rapid Wien gespielt hat, an den Sieg im Elfmeterschießen.

Unten im Hof begegne ich dem Hausmeister. Die Eisenbahnbrücke in Belgrad sei wieder repariert, erzählt er, der aus einer kleinen Stadt in der Nähe von Kragujevac stammt. Am 23. August sei er in Belgrad gewesen, erzählt er mir, während er den Boden im

Hof kehrt, so viel Schmutz hier, seit die Wohnung im zweiten Stock umgebaut werde, sagt er, und die alten Holzlatten hier, die keiner wegräume.

Ich sage: „Zwei Mäuse sind vorgestern unter den Holzstoß gekrochen, eine kleine und eine sehr große, so groß wie eine Ratte."

Er werde Gift ausstreuen, antwortet er knapp. Dann erzählt er wieder von Belgrad: Ein Polizist, den er gefragt habe, warum das Regierungsgebäude noch in Trümmern liege, habe ihm gesagt, dass die Ruine nicht wieder aufgebaut werde, ein Denkmal, ein leeres, kaputtes Museum bleibe, damit keiner die Angriffe vergesse. Seine Stadt sei nicht angegriffen worden, zum Glück. Jedes Jahr fahre er im Sommer für vier Wochen nach Jugoslawien, er habe ein kleines Haus dort. Seine Frau sei schon in Pension, die sei öfter unten, aber er könne nicht so lange weg, weil er als Hausmeister viel zu tun habe, gebunden sei, vor allem im Winter, weil er bei Schneefall ständig Salz und Sand streuen müsse, damit niemand ausrutsche. Dann erzählt er mir von einem Getränk aus Schnaps und Zucker, das er im Winter liebend gern trinkt, aber ich verstehe nicht, weil er sehr schlecht Deutsch spricht, obwohl er seit mehr als dreißig Jahren in Wien lebt.

Er regt sich über die amerikanischen und englischen Touristen auf. Diese Schweine, sagt er, die die Ruinen der Stadt fotografieren, die sie mit ihrem Steuergeld hätten niederbomben lassen. Jetzt würden sie das Nichts fotografieren, die Löcher, er verstehe nicht, warum man Löcher und Bombentrichter und Ruinen fotografiere. Für welches Album?, fragt er und schaut mich provokant an. Früher, als Belgrad eine schöne Stadt mit prächtigen Häusern und Straßen gewesen sei, hätten sie die Stadt fotografieren sollen. Das Schlechte und Kaputte fotografiere man nicht, sagt er. Das wäre so, als würden Touristen nach Österreich kommen und nur Müllhalden oder die im Sommer leeren Stauseen der Speicherkraftwerke fotografieren. Das mache man doch nicht, sagt er, das sei doch unhöflich. Er würde keine Touristen nach Jugoslawien einreisen lassen, sagt er. Belgrad sei teuer, wer keinen Garten habe, wo er Gemüse anbauen könne, sei zu bemitleiden, eine Schande sei das. Er seufzt resigniert, auch ich seufze. Nach einer Weile frage ich ihn, ob die Donau in Belgrad breiter sei als in Wien und ob die Schiffe wieder unterwegs seien. Schon breiter als hier, sagt er, die meisten Brücken lägen immer noch eingestürzt im Wasser, aber die Schiffe seien wieder unterwegs. Er sei gar nicht gern zurückgekommen aus dem heurigen Urlaub, wäre am liebsten in Jugoslawien geblieben, das Wetter sei so schön gewesen, im Garten die schönsten Tomaten und Paprika. Arbeitslos sei er, 56 Jahre alt und das Knie kaputt, er könne keine schweren Arbeiten mehr verrichten. 22 Jahre bei Siemens, dann in einer Schlosserei, die Pleite gemacht habe im letzten Jahr. Er habe um die Pension angesucht, nächste Woche müsse er zu einer Untersuchung. Er hoffe, dass alles gut gehe.

Seine Frau streckt den Kopf zum Fenster raus, grüßt mich freundlich, sagt ihm, dass das Essen fertig sei. Ich verabschiede mich, beobachte, wie er schwerfällig die Stufen zur Wohnung hoch geht.

Ich habe nichts zu tun, trete vor das Haus, schaue eine Weile in den Himmel, aber es zeichnen sich keine Konturen ab. Schulkinder sammeln Kastanien. Die Blätter der Kastanienbäume sind braun, verwelkt. Ein Straßenreinigungsfahrzeug wirbelt Staub auf. Ich spaziere Richtung Donau, von einer Häuserwand zur nächsten, suche Halt an den festen Mauern. Für alle, die es wissen wollen: Ich zerbreche mir den Kopf, zermartere mir das Gehirn, während ich so dahintappe.

Bei der DDSG-Anlegestelle setze ich mich auf eine Parkbank, schaue und warte. Ein deutsches, ein österreichisches und ein rumänisches Passagierschiff haben angelegt. Menschen, die gelangweilt herumstehen, sich müde unterhalten. Die kleinen Vögel, überhaupt nicht scheu, regen mich unheimlich auf, weil sie so fröhlich und unbeschwert vor mir auf dem Boden hüpfen. Ich lese die Kleinanzeigen in einer Zeitung, die jemand auf der Bank liegen lassen hat: *Dein eigener größter Feind??? Selbstbeschimpfungen? Zerstörerische (Selbst-) Kritik? Nicht existenter Selbstwert? Opfer unberechtigter Attacken/faulen Humors? Schluss damit – ab sofort!! YoR2BIG – Selfesteem Verhaltenstraining, Einzel- oder Selbsterfahrungsgruppe, Schnuppern gratis.*

Man kann ein Auto zu Tode reparieren, sage ich

immer. Das heißt, dass man kleine Wehwehchen und Problemchen akzeptieren muss, nicht immer alles perfekt sein kann, die Kirche im Dorf lassen. Aber: Wie soll ich sagen? Da ist viel Angst in meiner Welt.

Wenn ich glücklich bin – singe ich. Wenn ich traurig bin – auch. Auf der Spur unseres schamanischen Erbes begegnen wir dem Geist unserer AhnInnen und der Weisheit unserer inneren Stimme. Mit Gesang, Tanz, Trance und Gespräch laden wir die Erinnerung ein, beleben unsere alten spirituellen Wurzeln und lassen neues Heilsames wachsen. Fortlaufend stattfindende Gruppe.

In Gedanken trete ich in eine weite Landschaft. Ich bemerke, dass meine erträumten Sehnsuchtsorte immer menschenleer sind, weites, endloses Land, flach oder sanft hügelig, Gras gibt es dort, kleine Rinnsale, aber keine Bäume, keine Wälder. Grün sind sie oder hellbraun verdorrt. Wenn ich am Donauufer stehe, finde ich Trost. Weil das Wasser immer fließt. Weil es immer weitergeht.

Warum Menschen zu mir kommen: Während manche Lebensprobleme lösen oder Krankheiten und Symptome loswerden möchten, kommen andere aus vagem oder konkretem Unbehagen („das Leben läuft an mir vorbei"). Wieder andere kommen aus Neugier und wollen sich selbst, vor allem ihre unbekannten (Un-)Tiefen kennenlernen. Gemeinsam ist ihnen, dass sie eine Ahnung von der Beteiligung des Körpers bei emotionalen Blockaden und von der Psyche bei körperlichen Krankheiten oder Beschwerden haben. Ich bin ausgebildet in körperorientierter Psychotherapie, Integrativer Gestalttherapie und Psychosomatik. Eine (teilweise) Übernahme der Kosten für die Psychotherapie durch die Krankenkassen ist möglich.

Den Satz *Das Leben läuft an mir vorbei* könnte ich blind unterschreiben.

Gestern lag ich lange wach. Ich stehe auf, mit Mühe, weil ich einige Kilo zugenommen habe seit die Arbeit verloren ist, ich bewege mich zu wenig, obwohl ich doch so viel Zeit habe, die totgeschlagen werden will.

Auf dem Nachhauseweg bemerke ich auf der anderen Straßenseite einen ehemaligen Schulkollegen, ich wende mich sofort einem Schaufenster zu, damit er mich nicht sieht, betrachte Digitalkameras und Notebooks, die ich mir nicht leisten kann. Dann gehe ich unauffällig weiter, hoffend, dass er mich nicht bemerkt.

Es ist spürbar kühler geworden in den letzten Tagen. In den Kleidergeschäften gibt es schon die neue Wintermode zu kaufen.

Wieder zu Hause höre ich im Radio die Nachrichten. Eine junge schwedische Politikerin ist nach einem Attentat gestorben. Regen ist vorhergesagt. Die 15-Grad-Zone erreicht Österreich. Ich stelle einen Topf mit Wasser auf, koche Erdäpfel, höre auf das Ticken der Küchenuhr. Obwohl ich den Namen der Politikerin noch nie zuvor gehört habe, empfinde ich Trauer. Wie gelangt man an den Punkt, jemanden umzubringen?

Ich schäle die Erdäpfel, salze sie, gebe ein wenig Butter darauf. Hauchdünn sind die Butterflocken, sparsam verteilt schmelzen sie auf den Erdäpfeln. Ich esse bedächtig, kaue langsam. Eigentlich habe ich weder Appetit noch Hunger.

Ich lege mich auf das Sofa, schalte den Fernseher ein, damit die Wohnung nicht so ausgestorben wirkt, und schaue nach draußen in den Himmel. Es hat zu regnen begonnen.

Im Fernsehen *Zeit im Bild.* Die ermordete Politikerin in ihrem letzten Interview. Danach einige innenpolitische Beiträge, die mich langweilen, ich bin zu müde, um aufzustehen, kämpfe mit meinen Augenlidern, die immer wieder zufallen wollen.

Die Ikone, die über dem Sofa hängt, und das Porträt der beiden Jünglinge auf der gegenüber liegenden Wand, sie umarmen sich, werden sich küssen. Trostspender, zwei Lebensretter in schlichter Schönheit, ich klammere mich an sie.

Wo beginnt die Finsternis? Wo liegen die Grenzposten?

I
don't
know
why
I
feel
so
tongue
tied

Don't
know
why
I
feel
so
skinned
alive
singt Thom Yorke im Lied *Myxomatosis,* schreit Wort für Wort, Silbe für Silbe von sich fort in die Welt hinein.

So mit einem dicken Pullover und einer Wollmütze auf einem Donaufrachter flussabwärts nach Jugoslawien und weiter. Ob man mitfahren könnte? Ob man auf einem Frachter arbeiten könnte? Finstere und schöne Blicke und eine befreiende Schäbigkeit, das Leben mühsam und hart am Balkan, aber einfacher zu fassen als hier, stelle ich mir vor.

Hier, da schlägt ein hyperventilierendes Marktwirtschaftsherz, mit Pillen nicht mehr ruhig zu stellen. Das eiserne Herz hat nach der großen Bombe verlangt, die gefallen ist und getroffen hat. Ich kann nichts dafür, dass mir die Menschen in Belgrad mehr leid tun als die New Yorker.

Vor einigen Tagen habe ich im Fernsehen eine Dokumentation über das Donaudelta gesehen. Die stille, unheimlich breite, ausufernde, ausfächernde Donau, das Delta selbst ein kleines Meer. Sanfte Wellen, der Übergang ins Schwarze Meer, der an einer unsichtbaren, bewegten Grenze verläuft. Wasservögel, Inseln,

Fähren, eine Frau, die in einem Leuchtturm lebt, den Schiffsverkehr überwacht. Fischer, die frühmorgens gemeinsam rausfahren, mit Lampen an Bord, die nur schwach leuchten, wie Glühwürmchen im Sommer, und abends bei gegrillten Fischen zusammensitzen. Romantische Bilder. Im Fernsehen scheint es, als ob die Leute zufrieden wären, aber ich weiß, dass sie es nicht sind, dass die Armut trotz der prächtigen Landschaft grau und schmutzig bleibt.

Ich freue mich jeden Tag aufs Neue auf die Momente des Einschlafens, die Loslösung vom Bewussten, dann verströmen die Eindrücke des Tags, zerfließen am Boden wie ausgeschüttetes Wasser.

Es gibt eine Diskrepanz zwischen meiner Vorstellung von Leben und dem tatsächlichen, mir zugestoßenen.

Ich stehe langsam auf, stelle mich vor das hohe Fenster, stütze mich mit beiden Händen gegen die Fensterscheibe, schaue auf den Verkehr, auf die Bäume, die Berge, die sich dahinter abzeichnen, schaue in den Abend. Der Herbst zieht ein, er leuchtet schwach, er dunkelt die Bilder der Landschaft nach und schleiert wässrig darüber.

Schwanger

Sabine war von der Sirene eines Polizeiautos aufgewacht. Martin lag ruhig, es schien ihr, als lächelte er im Schlaf vor sich hin. Wovon mochte er träumen? Es war heiß im Hotelzimmer und stickig. Das durchgelegene Bett, der altersschwache Schrank, sie atmeten schwere Luft in die Belgrader Nacht aus und Sabine atmete sie ein. Martin schlief ohne Decke, sie schaute auf seinen behaarten Bauch. Er schwitzte, die feuchten Bauchhaare kräuselten sich. Sie setzte sich an die Bettkante, atmete langsam und tief. Es drückte im Bauch. Der Mond, der Lärm von der Straße. Sie hörte Jugendliche aufschreien und loslachen und Autos bremsen und Mopedauspuffe knarren. Balkanluft, Balkanlärm, dachte sie. Belgrad, so kam es ihr vor, war eine Mischung aus Wien und Athen. Erklären konnte sie das nicht. Sie stand auf, ging zum Fenster, lehnte sich an den wohl zwei Meter hohen Fensterflügel, dessen Farbe abblätterte. Mit dem Nagel ihres rechten Zeigefingers kratzte sie an den kleinen Farbbeulen. Sie war froh, dass sie im Hotel geblieben waren, dass sie Martin von Mirkos Vorschlag hatte abbringen können, in der Wohnung seiner Tante zu übernachten. Sie brauchte Ruhe und ein wenig Zeit zum Nachdenken. Sie hatte es Martin noch nicht gesagt, nicht sagen können.

Mondhell war es in Belgrads Straßen, mondhell auch im Zimmer. Auf dem Weg zum Hotel war ihr die lange Schlange vor der deutschen Botschaft aufgefallen. Sabine stand in der Nacht, an das warme Fensterglas gelehnt, eine Weile stand sie so, dann bemerkte sie unvermutet, wie ihre Hände auf ihrem Bauch lagen, wie sie fühlte und tastete und ihn umfasste, wie sie ihn streichelte, zum ersten Mal.

Als sie am nächsten Morgen aufwachte, lag neben ihr auf dem Polster eine Blume. „Guten Morgen. Es ist schon zehn Uhr“, flüsterte ihr Martin zu, „Ich war schon draußen, die Blume ist für dich!“ „Hoffentlich nicht gestohlen“, dachte Sabine, aber sie war zu müde, etwas zu sagen, drehte sich auf die Seite, murmelte etwas ins Kopfkissen, dann spürte sie, dass Martin zu ihr ins Bett kroch und sich an sie schmiegte.

Vor drei Tagen hatten sie Wien verlassen, um eine kleine Südosteuropareise zu machen, Freunde zu besuchen in Ungarn, Serbien und Rumänien. In Budapest hatten sie Esther besucht, eine Studienkollegin von Sabine. Sie hatten bei ihren Eltern gewohnt. Ihr Vater war Kunstprofessor an der Universität, die Mutter arbeitete als Architektin. Sabine war von der Wohnung überwältigt gewesen. Eine Altbauwohnung im Stadtzentrum, wohl über 200 Quadratmeter groß, sechs, sieben Zimmer, dazu kleine versteckte Kammern. Ein Bibliothekszimmer gab es, eine riesige Küche, im Bad dutzende Pflanzen. Eine Wohnung mit Patina. Und überall Bilder, Fotos, Ausstellungsplakate, kleine Skulpturen, geschnitzte Figuren, Bücher, Zeitschriften, Zigarettenpackungen, Kleidung, über Stühle geworfen, am Boden liegend. Eine ähnliche Wohnung hatte sie in Mailand gesehen, sie hatte dem Enkel eines bekannten Dirigenten gehört. Sabine hatte sich gefragt, wie Esthers Vater zu dieser Wohnung gekommen war, aber sie wagte die Frage weder ihm noch Esther zu stellen. Ob er Kommunist gewesen war? Ein überzeugter, ein opportunistischer? Der Vater hatte mit ihnen über Gerhard Richter, Sigmar Polke, Wolfgang Tillmans gesprochen, über französische Comics philosophiert, hatte über kommunistischen Städtebau doziert. Für den Abend hatte er sie ins Ferienhaus an der Donau eingeladen. Sein Deutsch war praktisch fehlerfrei gewesen.

Von Budapest hatten sie nicht viel gesehen, zumeist waren sie mit Esther in Cafés oder an der Donau gesessen und hatten geredet. Esther arbeitete für einen Europaabgeordneten, es ging ihr gut, sie reiste viel, verbrachte viel Zeit in Brüssel und Straßburg. Sie sprach fließend Englisch, Deutsch und Französisch. Russisch hatte sie in der Schule gelernt, aber seitdem kaum mehr gesprochen. Sie partizipierte am osteuropäischen Aufschwung, sie gehörte zur jungen osteuropäischen Elite. Esther redete wie eine Aufsteigerin, in einer Mischung aus unerschütterlichem Optimismus, unbedingtem Aufstiegswillen und fetter Selbstzufriedenheit. Für sie gab es kein links, kein rechts, kein Abweichen vom rechten Weg. Vorwärts ging ihr Blick, einer exakten Linie folgend. Als Sabine sie in Wien kennen gelernt hatte, war sie eine schüchterne, wissbegierige junge Studentin gewesen. Sie waren gemeinsam ins Kino gegangen, hatten Lesungen und Konzerte besucht, hatten über Politik diskutiert, über die Zukunft Osteuropas. Jetzt schien es Sabine, dass Esther nichts als realitätsfernes europapolitisches Geschwätz von sich gab. In Wien war sie die bescheidene, anpassungswillige Ungarin gewesen, jetzt gab sie die selbstbewusste, unerschütterliche Europäerin.

Am Abend hatte Esthers Vater im Ferienhaus an der Donau Fische gegrillt und reichlich Wein ausgeschenkt. Martin verstand sich mit ihm auf Anhieb, beide tranken gern und viel, aßen mit Leidenschaft. So richtig verstehen konnte Sabine Martin nach den drei Jahren, die sie zusammen waren, immer noch nicht. Dass er das Auswahlverfahren im Außenministerium bestanden hatte, war ihr unerklärlich. Seine Noten waren immer dürftig gewesen, im Gymnasium und später beim Jusstudium hatte er sich durchgeschwindelt, mehr Glück als Verstand gehabt, dabei aber ein ungeheures Selbstbewusstsein entwickelt, die Gewissheit, auch in aussichtslos scheinenden Situationen bestehen zu können. Er sprach schlecht Englisch und Französisch, einige Brocken Serbokroatisch, er hatte enorme Wissenslücken, aber er konnte mit Leuten umgehen. Martin hatte die Fähigkeit,

Menschen innerhalb kürzester Zeit für sich zu gewinnen. Ihr war diese Fähigkeit unheimlich und fremd und sie war gegen ihr Wesen. Sie wusste nicht, ob Martin es ernst gemeint hatte, als er mit dem Vater von Esther Bruderschaft getrunken hatte und sich am nächsten Tag mit einer so innigen Umarmung von ihm verabschiedet hatte, als wären die beiden seit dreißig Jahren die besten Freunde. Sabine mochte Martin, sie war gern mit ihm zusammen, sie liebte ihn, aber im Grunde war sie ihm seit dem ersten Tag ihrer Beziehung mit Skepsis begegnet und skeptisch geblieben. Oft fragte sie sich, ob er sie wirklich liebte, ob er es wirklich ernst meinte mit ihr oder ob er sie gefangen hatte wie seine übrigen Freunde auch. Was unterschied ihre Beziehung von den übrigen, die Martin pflegte, fragte sie sich. Vertraute sie ihm?

Zum Frühstück gab es Weißbrot, Butter, Marmelade und ein fetttriefendes Spiegelei, das der zahnlückige Kellner ihr servierte. Sein Verhalten war bizarr, war sie freundlich zu ihm, begegnete er ihr mit genervtem Überlegenheitsgefühl, war sie unfreundlich, lächelte er untertänig und scherzte, ein Überbleibsel aus dem jugoslawischen Kommunismus, der seinen Platz behalten hatte, dachte sie und sie erinnerte sich an die Campingurlaube mit ihren Eltern im noch kommunistischen, im großen, noch nicht zerschlagenen Jugoslawien. Auf Krk waren sie gewesen, in Rovinj, Pula, bei Dubrovnik und in der Nähe von Split. Spät abends waren sie in Wien losgefahren, ihr Vater war die Nacht durchgefahren, ihre Mutter, ihr Bruder und sie hatten die Fahrt über geschlafen und waren morgens aufgewacht, noch nicht am Ziel, aber schon im Süden, das Meer zu erahnen.

Das Hotel, das Mirko ihnen empfohlen hatte, lag unweit des Stadtzentrums, roch nach alten Tagen und verblichenen Fotos, versprühte den spröden Charme kommunistischen Halbfunktionierens. Als Martin beim Frühstücken kurz aufschrie, weil er sich gebissen hatte, dachte Sabine an ihre Schmerzempfindlichkeit, die sie von ihrer Mutter geerbt hatte und bekam plötzlich panische Angst vor der seit wenigen Wochen zur Gewissheit gewordenen Geburt. Sie nippte am starken Espresso und dachte, dass Kaffee sicher nicht gesund sei während der Schwangerschaft.

„Hast du dich schlimm gebissen?“, fragte sie.

„Es blutet.“

Sabine war in der zwölften Woche, Martin wusste von nichts. Sie hatte keine Ahnung, wie Martin reagieren würde, sie hatten nie über Kinder gesprochen, nicht über Heirat, hatten keine größeren gemeinsamen Projekte geplant. Seit sechs Monaten wohnten sie zusammen, aber im Grunde lebten sie nebeneinander. Sie berührten sich wenig, kochten und aßen selten zusammen. Wenn Sabine las, schaute Martin fern, wenn er eine Tour mit dem Rad machte, ging sie in den Fitnessclub, wenn sie sich eine Kunstausstellung ansah, traf er sich mit Freunden. Im Kinoprogramm fanden sie kaum Filme, die ihnen beiden zusagten. Sie wählte die Grünen, er die Volkspartei.

Die kleine Balkan-Reise war erst ihr zweiter gemeinsamer Urlaub. Wie wenig sie über ihn wusste, wie wenig sie ihn einschätzen konnte. In ihrem Freundeskreis hatte noch niemand Kinder, der Gedanke, Mutter zu werden, war ihr fremd und beängstigend. Jedenfalls hatte Martin sie in letzter Zeit manchmal gefragt, wie es ihr gehe, was mit ihr los sei, sie habe sich verändert, sei gereizter als sonst und ziehe sich oft zurück. Sie wusste nicht, ob sie auf ihn zählen konnte oder ob er sie im Stich lassen würde und sie gezwungen wäre, ihre Eltern um Hilfe zu bitten. Vor wenigen Wochen hatte sie einen Krimi im Fernsehen gesehen, in dem eine junge alleinerziehende Mutter völlig überfordert gewesen und deshalb zur Mörderin geworden war. Und einen israelischen Film hatte sie mit Martin im Kino gesehen, der damit begonnen hatte, dass eine Palästinenserin an einer Grenzübergangsstelle eine Fehlgeburt hatte.

„Mirko erwartet uns um zwölf bei der Kalemegdan-Festung", sagte Martin, „Sabine, hast du mir zugehört? Mirko erwartet uns um zwölf bei der Kalemegdan-Festung."

„Ja, ja, ich hab dich gehört."

„Wir könnten durch die Knez Mihailova ulica spazieren, Mirko hat gesagt, dass es dort schöne Cafés gibt und Geschäfte."

An einem Freitagnachmittag, Martin war bei der Arbeit gewesen, hatte sie den Schwangerschaftstest gemacht. Als sie das positive Ergebnis auf dem Streifen begriffen hatte, hatte sie reflexartig aus dem Fenster geschaut, in die Ferne, und ihr erster Blick war auf eine Schwalbe hoch über dem Hof gefallen. Sie hatte gedacht, dass sie sich jetzt zwar kein Kind wünsche, aber Abtreibung ganz sicher nicht in Frage komme, egal, was Martin oder die Eltern sagen würden.

„Willst du auch ein Eis?", fragte Martin, als sie durch die Knez Mihailova spazierten. Sabine hatte Lust auf eines, aber schüttelte stumm den Kopf, weil sie fürchtete, dass das Wasser verunreinigt sein könnte. Sie war überrascht, wie lebendig die Straße war, wie viele Luxusboutiquen es in der Stadt gab. Martin blieb bei einem Uhrengeschäft stehen, zeigte, während er sein Eis schleckte, auf eine Armbanduhr und fragte Sabine, ob sie ihr gefalle. „Tangente von Nomos Glashütte. Eine deutsche Uhr. Ich hätte Lust, sie mir von Omas Geld zu kaufen. Wie findest du sie?"
Sabine war, als sie sich der ungarisch-serbischen Grenze genähert hatten, unruhig geworden, auf der Homepage des Außenministeriums war vor Reisen nach Serbien gewarnt worden, vor Treibstoffmangel, schlechten Straßen und katastrophaler medizinischer Versorgung. Tatsächlich waren die Straßen in Serbien schlecht ausgebaut, waren viele alte Laster und schrottreife landwirtschaftliche Maschinen unterwegs. Es war ein anderes Land, eine andere Zeit. Es waren Bilder, die nicht den polierten EU-Rahmen trugen. Hier aber in der Knez Mihailova fühlte sie sich wie in jeder x-beliebigen europäischen Stadt, dieselben Marken, dieselben Handelsketten. Einzig

an den Zeitungsläden merkte man, dass Serbien isoliert war, weil nur wenige internationale Zeitungen zu bekommen waren. Nachkriegszeit, dachte sie, das ist die serbische Nachkriegszeit, die Menschen leben in einer Nachkriegszeit.

Von der Kalemegdan-Festung schaute sie auf den Zusammenfluss von Donau und Save, auf die Kriegsinsel, auf die Restaurant- und Partyschiffe, die am Ufer der Save ankerten, auf das Augrün, das sich den Flüssen entlang zog, spürte die Ruhe, die vom Wasser ausging und aufstieg. Martin machte ein Foto von ihr. Sie beobachtete ein Transportschiff, das flussabwärts fuhr und dachte an das Wort Donaumonarchie und fragte sich, wer diese Bezeichnung wohl geschaffen habe und wollte eben Martin, in dessen Familie es etliche Monarchisten gab, fragen, ob er mehr dazu wusste, aber der war schon zum römischen Brunnen gelaufen. Sie lehnte sich auf das von der Mittagssonne erhitzte eiserne Geländer, schaute auf das lichtgrüne Wasser und dachte, dass wohl nur wenige Flüsse so viele Kriege, so viel Blut gesehen hatten wie die Donau. Und doch war die Donau ihr liebster Fluss, irrational, wider jede Vernunft. Überhaupt waren ihr der Osten, die Balkanländer lieber als der Westen, der immer gleichförmiger geworden war in den letzten Jahren, ununterscheidbar und konturlos, eingeebnet und zubetoniert.

Mirko war nicht zum vereinbarten Treffpunkt gekommen, es war viertel nach zwölf. Martin und Sabine hatten den römischen Brunnen besichtigt, waren durch die Festungsanlage spaziert, hatten militärisches Gerät, Kanonen und Panzer gesehen, die in einem Burggraben ausgestellt waren. Im Kalemegdan-Park, wo sie auf Mirko warteten, Sabine hatte Hunger, spielten alte Leute Schach, Frauen saßen auf Parkbänken und strickten, junge Männer lasen Zeitung. Der Krieg, wo ist er?, fragte sie sich, und: Wen hast du verloren?, als sie in das ledrige Gesicht eines alten Mannes schaute. Im Gymnasium hatte sie in den letzten beiden Schuljahren eine Mitschülerin aus Bosnien gehabt, Mirela. In Tuzla hatte sie gewohnt, war während des Kriegs mit ihrer Familie nach Österreich geflüchtet. Kurz vor der Matura war Mirela mit ihren Eltern für eine Woche nach Tuzla gefahren, um Verwandte und Freunde, die geblieben waren, zu besuchen. Das war fünf Jahre nach dem Nato-Bombardement gewesen. Sie erinnerte sich, dass Mirela zuvor wochenlang von der Reise gesprochen und sich auf ein Wiedersehen mit ihrer Heimatstadt gefreut hatte, aber völlig verstört aus dem Urlaub zurückgekehrt war, weil so viele ihrer Freunde drogenabhängig geworden waren und perspektiv- und arbeitslos durch die Zeit trieben. Lethargisch seien sie gewesen, zynisch, über Europa hätten sie geschimpft. „Es gibt kein Zurück mehr nach Bosnien!“, hatte sie gesagt, „Nie mehr!“

Seit Sabine schwanger war, reagierte sie empfindlicher auf schlechte Luft und Abgase. Mirko war kurz nach halb eins aufgetaucht, schwitzend, sich für seine Verspätung entschuldigend, weil die Straßen heillos verstopft waren und er lange keinen Parkplatz hatte finden können. Auch jetzt standen sie auf dem Weg zu Mirkos Tante, die in Zemun wohnte, im Stau, Martin saß auf dem Beifahrersitz, das Fenster hinuntergekurbelt, er hatte eine David Bowie-Kassette eingelegt und sang mit Mirko *Heros*. Sabine saß auf der Rückbank des alten Autos, ein Yugo Koral, natürlich gab es keine Klimaanlage, sie schwitzte und ihr war schlecht von der Abgasluft. Wie Mirko und Martin so dahin sangen und lachten, dachte sie an ein altes Lied von Blumfeld, das ihr Bruder, als er siebzehn war, stundenlang gehört hatte, immer wieder, *Lass uns nicht von Sex reden* hatte es geheißen. Sie dachte an den Vers *im Sommerrock sich legen lassen von einem schmalhüftigen Jungen hinter der Kegelbahn.* Ihr hatte vor dem Lied geekelt und vor ihrem Bruder und auch jetzt ekelte sie sich. Sie blickte auf ein Regierungsgebäude, das von den Nato-Bomben getroffen worden war. Mirko zeigte darauf: „Auf eine der Tomahawk-Bomben, die nicht explodiert ist, haben die Amerikaner mit Kreide *Happy Easter* geschrieben", sagte Mirko. „Kein Wunder, dass viele die Amerikaner und die Europäer, die das Bombardement unterstützt haben, hassen. Oder? Was sagst du als künftiger Diplomat dazu, Martin?" Aber Martin lachte nur. Sabine fragte: „Warum bist du wieder zurück nach Belgrad, Mirko?"

Nach mehr als einstündiger Fahrt waren sie bei Mirkos Verwandten in Zemun angekommen. Sie wohnten in einer Wohnsiedlung, Grünstreifen vor den Häusern, Schatten werfende Laubbäume, die Straßen im rechteckigen Raster. Die dreistöckigen Wohnhäuser glichen sich aufs Haar, machten einen freundlichen, hellen Eindruck. Auf der Straße spielten Kinder Fußball, Jugendliche standen in Gruppen, Alte warteten auf einen Bus, oder sie wirkten so, als ob sie warten würden, auf den Bus, auf das Leben, auf den Tod. Frauen verkauften an den Straßenecken Gemüse, Zwiebel, Karotten, Zucchini, Melonen. Lebendig wirkte die Straße, Sabine dachte, dass hier die Menschen noch wirklich zusammenwohnten, sich kannten, miteinander sprachen. Einen Ball, der vor ihren Füßen gelandet war, warf sie einem kleinen, sie anlächelnden Mädchen zurück.

Mirkos Tante war wenige Tage zuvor sechzig Jahre geworden. Man sah ihrer Gesichtsfarbe, aber auch der Form ihrer Lippen an, dass sie seit ihrer Jugend rauchte. Sie strahlte Wärme aus, wirkte selbstbewusst und verständnisvoll. Sabine fand, dass jugoslawische Frauen überhaupt sehr selbstbewusst wirkten. Mirkos Onkel sah aus wie ein Wiener Hausmeister, er trug ein weißes Unterhemd und Jeans, hatte nur mehr wenig Haare und einige Zahnlücken. Onkel und Tante sprachen kein Wort Deutsch, Mirko übersetzte. Mirkos Onkel bot Limonade an. Sabine trank ein Glas, der Geschmack erinnerte sie an die Limonaden ihrer Kindheit. Sie saßen in der kleinen Küche. Obwohl es genügend Stühle gab, blieben Onkel und Tante stehen und schauten zufrieden auf ihre jungen

Gäste. Mirkos Tante rauchte, der Onkel lief unruhig durch die Küche, verschwand im kleinen Vorraum und tauchte unvermutet wieder auf. Martin hatte ihr erzählt, dass er Offizier der serbischen Armee gewesen war und seitdem von Unruhe und Nervosität geplagt war. Was er im Krieg gemacht und gesehen hatte, hatte er weder seiner Frau noch seinen Söhnen und natürlich auch Mirko nicht erzählt.

Draußen verdunkelte sich der Himmel, Wolken waren aufgezogen, ein Gewitter vorhergesagt. Sabines Kopfweh war schlimmer geworden. Mirkos Tante hatte Kaffee gekocht, auf türkische Art. Sabine hatte einmal bei Mirela türkischen Kaffee bekommen und nie wieder einen besseren getrunken. Sabine fühlte sich sicher und geborgen bei Mirkos Verwandten, sie konnte nicht sagen warum. Die einfache Einrichtung, das bodenständige Wesen von Mirkos Tante, der nahende Regen, der Abkühlung versprach? Martin und Mirkos Onkel sprachen über Fußball, Martins schlechtes Serbokroatisch sorgte für einige Lacher. Mirkos Tante kochte. Als Sabine aufstand, um auf die Toilette zu gehen, wurde ihr plötzlich schwarz vor den Augen, sie hielt sich am Tisch fest, stand gebückt auf wackligen Knien. Mirkos Tante reagierte am schnellsten, nahm sie am Arm und half ihr, sich niederzusetzen. Martin streichelte ihren Kopf, schaute sie besorgt an. „Nichts weiter, Martin, mir ist nur ein wenig schwindlig. Die Hitze und die schlechte Luft im Auto." Man brachte ihr zu trinken, sorgte sich um sie, gab ihr Ratschläge. „Wenn ich mich ein wenig niederlegen könnte, Mirko.“ Der nickte und sagte etwas zu seiner Tante. Martin brachte sie ins abgedunkelte Wohnzimmer, wo es kühler war als in der Küche, sie legte sich nieder, schloss die Augen. „Es geht schon, Martin, geh ruhig in die Küche zu den anderen. Ich raste mich ein bisschen aus.“ Martin ging. Mirkos Tante kam mit einem feuchten Tuch, legte es ihr auf die Stirn und lächelte ihr zu.

Ein Murmeln weckte Sabine auf, es war dunkler, später Nachmittag, sie hatte tief geschlafen. Martin, Mirko und sein Onkel standen vor dem Wohnzimmerschrank, sprachen leise miteinander, Mirkos Onkel schien den beiden etwas zu zeigen, hielt einen Gegenstand, den sie nicht erkennen konnte, in den Händen. Ihre Glieder waren schwer, sie fühlte sich wie nach zwei Stunden Fitnessstudio, völlig ausgelaugt, aber doch wohler als zuvor. Langsam richtete sie sich auf, die Männer bemerkten es nicht. „Martin, nimm die Pistole aus der Hand!“, schrie sie panisch. Martin gab sie schnell an Mirko weiter, der sagte „Ist doch nicht geladen, Sabine.“ Mirkos Tante kam ins Wohnzimmer geeilt, um nachzusehen, was passiert war, schüttelte den Kopf und warf ihrem Mann einige unfreundliche Worte hin. Der hatte die Pistole wieder an sich genommen, lachte Sabine zu und sagte: „Pistole deutsch.“

„Wie kannst du mit einer Pistole herumspielen, Martin?“, fragte sie ihn abends.

„Aber wir haben doch nicht herumgespielt. Zlatko hat sie uns nur gezeigt. Unbedingt zeigen wollen, weil sie eine deutsche Walther ist."

„Warum hast du sie dann in der Hand gehabt, wenn er sie euch nur gezeigt hat?"

„Sie war doch nicht geladen, Sabine. Ich verstehe nicht, warum du dich so aufregst."

„Weil Waffen zum Töten da sind."

„Er hat sie uns doch nur gezeigt. Lass uns nicht streiten, Sabine." Er legte seinen Arm um sie. „Du magst Mirko nicht, oder?"

„Es geht doch nicht um Mirko."

„Warum bist du denn so angespannt?"

„Bin ich doch gar nicht."

„Soll ich dir noch ein Bier holen?"

Sie saßen unter hohen Bäumen auf einer Terrasse vor dem *studentski kulturni centar.* Auf der kleinen Bühne stand ein junger englischer Autor und las eine Erzählung vor. Neben ihm war eine Leinwand, auf die die serbische Übersetzung projiziert wurde. Sabine war es zu mühsam, ihm zuzuhören, sein Stil schien ihr manieriert, sein Englisch zu schwierig. Mirko sprach mit Bekannten an einem anderen Tisch, Martin wartete an der Bar auf sein Bier. War es sein viertes, sein fünftes? Vögel im teichblauen Himmel.

Am nächsten Tag waren sie schon früh aufgestanden, sie wollten weiter nach Temesvar. Mirko hatte ihnen auf einer Karte die kürzeste Strecke gezeigt. Sie lag ausgebreitet vor Sabine. Martin fuhr ihrem

Gefühl nach viel zu schnell. Es waren zwar nicht viele Autos unterwegs, aber der Zustand der Straßen war schlecht, unvermutete Schlaglöcher, Sand und feiner Schotter in den Kurven. „Martin, könntest du bitte langsamer fahren?“ Er verstand sie nicht, der Fahrtwind, das laut aufgedrehte Autoradio. „Martin, könntest du bitte langsamer fahren?“, schrie sie ein wenig zu laut und zu unfreundlich. Martin bremste scharf, fuhr an den Straßenrand, nahm die Sonnenbrille ab und drehte sich zu ihr. „Jetzt sag mir verdammt noch einmal, was los ist. Was habe ich dir getan?“ Sabine war zu müde, um ihm Paroli zu bieten, sie schaute geradeaus auf die schnurstracks übers Land führende Straße. „Was ist los? Seit wir auf Urlaub sind, bist du gereizt. Hast du deine Tage?“

Sabine wusste nicht, was sie sagen sollte, hob die Schultern. „Nein habe ich nicht!“ Trotzig, dann sanft: „Ich..., ich..., es tut mir leid. Ist mir so rausgerutscht. Ich bin einfach nicht so gut drauf seit einiger Zeit, ich weiß auch nicht.“

„Wir sind auf Urlaub, entspann dich, vergiss das Büro.“

„Ich liebe dich, Martin!“

„Ich dich doch auch!“

Auf der Fahrt durch die Vojvodina: stechendes Sonnenlicht, Staub, Erde, Mähdrescher, Steppengras, vereinzelt Bäume, hohe Futtersilos, aufgelassene Fabriken, kleine Dörfer, verfallene Häuser, Frauen mit Kopftüchern, streunende Katzen, löchrige Zäune, Friedhöfe, grüne Bäume, stehen gebliebene Kirchturmuhren, ein Pferdegespann, winkende Kinder, Vögel, Wind. Sabine dachte an Marion, eine Freundin aus dem Studentenheim, die mit 21 Mutter geworden und mit der Situation überfordert gewesen war, immerzu gestöhnt hatte, völlig übermüdet und ausgelaugt gewesen war. Wenige Monate nach der Geburt war sie zurück zu ihren Eltern gezogen. Die Kleine ging schon in die Volksschule, Sabine hatte Marion im letzten Winter getroffen. Marion hatte ihr erzählt, dass sie ihr Studium wieder aufgenommen habe, dass ihre Eltern sich um die Kleine kümmerten. Michael, der Vater, sei mit einer anderen zusammen und mache Karriere. Sie sehe ihn zweimal im Jahr, zum Geburtstag der Kleinen und zu Weihnachten. „Zumindest zahlt er", hatte Marion gesagt und: „Im Endeffekt sind es immer wir Frauen, die die Kinder erziehen. Es bleibt an uns hängen. Die Männer sind weg oder sie arbeiten, machen Überstunden und gehen abends mit ihren Freunden trinken. Wir bringen die Kinder alleine auf die Welt und erziehen sie alleine. Wahrscheinlich ist das auch besser so!"

Es war Mittag, Sabine hatte Hunger. Seit vier Stunden waren sie nun unterwegs und es schien ihr, als seien sie nicht weitergekommen. Zweimal hatten sie sich schon verfahren, es gab immer mehr Abbiegemöglichkeiten als auf Mirkos Karte verzeichnet waren. Sie fuhren durch ein kleines Dorf, das sie nicht auf der Karte finden konnte, zwei Dutzend Häuser, sie mussten über die Theiß. Die Straße, die zur Brücke führen sollte, war nicht mehr asphaltiert, sondern ging in eine Schotterstraße über. Sabine war genervt, Martin schaute sie fragend an. Ob sie sich wieder verfahren hatten? Ob sie heute noch in Temesvar ankommen würden? „Der Kanal, das ist ein gutes Zeichen!", sagte Sabine. Längs der Straße zog sich ein schmaler Kanal, zwei Männer saßen an seinem Ufer und fischten. Martin fuhr kaum 40 km/h, das Auto hinterließ eine lang gezogene, träge sich verflüchtigende Staubwolke. Die Schotterstraße machte eine scharfe Kurve nach rechts, Martin bremste. Keine Straße mehr. Vor ihnen die Theiß. Keine Straße, keine Brücke. Langsam floss das grüne Wasser. Alte Weiden, andere Laubbäume, Gebüsch, ein Schotterstrand. Martin stellte den Motor ab, stieg aus, nahm einen Schluck aus der Wasserflasche, auch Sabine stieg aus. „Es ist wunderbar hier!", lachte Martin, „hier bleiben wir!" Er nahm Sabine in den Arm, die beiden schauten auf den beschaulich vor sich hintreibenden Fluss. Das ist der Moment, dachte Sabine, doch während sie noch überlegte, ob sie „Du wirst Vater, Martin!" sagen sollte oder einfach „Ich bin schwanger, Martin" löste er so schnell seinen Arm von ihrer Schulter, als wäre er nie darauf gelegen, lief zum Wasser, zog im Laufen sein T-Shirt aus, rief „Komm mit ins Wasser!", und stürzte sich in den grünen Fluss. „Martin, du bist ein Kind!", schrie und lachte sie und lief ihm nach, zu ihrer Überraschung.

Bilder vom Meer

Ich fürchtete den Schmerz, fürchtete mich vor dem Kampf, der mich in meiner Kränklichkeit einer Welt ausliefern würde, deren brutales Ungeheuergelächter durch die Fenster meines Gefängnisses tönte. Diesen Satz von Romain Rolland habe ich in mein Tagebuch geschrieben. Die Möwen gerade an der Mole. Hinter mir ein alter Mann, er trägt einen alten, schwarzen, staubigen Hut und ist wohl am Kehlkopf operiert worden, spricht mit seinem Begleiter, krächzt, beinahe stimmlos. Es ist warm hier am Meer, aber diesig, dunstig und bewölkt. Noch vor Koper, bei der Abzweigung nach Podgorje, sah ich das erste Mal auf die Adria tief unter mir. Wenige Kilometer später steckte ich in einem Stau fest. Eine halbe Stunde lang stand der Verkehr still, ich stellte den Motor ab. Staus machen mich nervös. Die Fahrt von Koper nach Rovinj war ermüdend. Enge, schlechte Straßen, Schlaglöcher, Unebenheiten. Aber eine herrliche Landschaft: Mohnfelder, rote Erde, terra rossa. Fruchtbare Felder an der Mirna-Mündung. Das Getreide war jetzt, Anfang Juni, fast schon reif. Viele Dörfer lagen auf

Hügeln. Um die Kirchen gruppierten sich einfache Steinhäuser. Gärten. Felder. Alte Leute saßen an den Straßenrändern, um Gemüse, Pilze und Grappa zu verkaufen. Das Schlagen der Wellen gegen die groben Steine unter mir.

Schon Sonntag früh vor der Messe fühlte ich Unbehagen vor der kommenden Woche, vor dem Mittwochbesuch bei Hacker. Angst, die die Lebensfreude frisst, die an nichts anderes mehr denken lässt. Ein ständiger Begleiter. Ich denke, dass ich empfindlicher bin als andere und darum unglücklich. Hardcore. Eine Intensivstation. Hacker war immer gereizt, kurz vor der Explosion, voller Hass. Ihm war nicht zu helfen. Es gab kein Entgegenkommen. Ich hasste diesen Krüppel im Rollstuhl. *Den Zweck dieser Lebensübung wirst du bald erkennen. Du musst aufmerksam sein, musst schauen und hören lernen!* sagte Hacker zu mir. Licht, hin zum Licht, zur Glühlampe im Badezimmer, wo Mücken unermüdlich herumschwirren. Die Gelsen dagegen sitzen vollkommen ruhig an der Wand. *Ich würde sofort ein Messer in einen dealenden Neger rammen!* sagte Hacker. Ich hatte nie viele Freunde. Es fällt mir schwer, Beziehungen aufzubauen, Kontakte zu pflegen, Menschen zu gewinnen. Wenn mein Handy läutet, ist mein erster Gedanke der, nicht abzuheben. Die Reise nach Kroatien habe ich alleine angetreten. An den Kirchtürmen links und rechts der Autobahn ließ sich der kulturelle Wandel am deutlichsten ablesen. Der Weg zu Hackers Haus hinauf war entweder schlammig oder vereist. Jedes Mal holte ich mir kalte, feuchte Füße. Oft war ich ein, zwei Tage später verkühlt. Hier in Istrien ist es angenehm warm. Deshalb bin ich hierher gekommen. Und um zu vergessen.

Die Wiese, die ich hinaufstieg, lag in einem Quellgebiet. *Keiner geht zum Meier-Bauern hinauf, weil er scharfe Kampfhunde hat. Jeder fürchtet ihn. Keiner weiß, was er dort oben macht. Man muss zeigen, wer der Stärkere ist, dann ist man frei!* hat Hacker zu mir gesagt. *Und was würdest du sagen, wenn ich mir auch solch einen Hund zulegen würde, na, was würdest du dazu sagen?* Im Jänner bekam ich einen Hautausschlag. Beide Hände und Unterarme waren von roten, juckenden Pusteln überzogen. Zwei Wochen dauerte es, bis sie wieder vergingen. *Heim ins Reich! Interpretier es, wie du willst, kleiner, feiger Prediger!* sagte er zu mir. Er war ein Ungeheuer. Einmal brach auf dem Weg zu ihm plötzlich ein Gewitter los. Im nachfolgenden Starkregen schwoll der kleine Bach an, schossen Wasser und Schlamm den Hang hinunter. Vollkommen durchnässt schaffte ich es zum Haus. Als ich an die Tür klopfte, hörte ich sein schallendes Gelächter im Vorraum. Eine Viertelstunde lang stand ich fröstelnd vor der verschlossenen Tür. Dann öffnete er endlich, nur um mir zu sagen, dass es nichts zu tun gebe und ich nach Hause fahren solle. Abends, auf dem Rückweg den steilen Weg hinunter, drehte ich mich oft um, blickte auf das Haus zurück, das idyllisch auf dem Hügel lag, daneben der große, mächtige Nussbaum, die Holzhütte, deren verwittertes Holz in der untergehenden Sonne leuchtete. Aus der Entfernung war das Haus schön anzusehen, aber je näher man kam, desto deutlicher wurden Dreck und Verfall. Das Haus war unrettbar verwahrlost. Es fraß sich selbst auf.

Kannst gleich wieder gehen! Dein Gesicht gefällt mir nicht! Brauchst gar nicht wieder kommen, sonst hetze ich dir den Nachbarhund hinterher! hat er mich angeschrien, als ich das erste Mal zu ihm hinauf bin. *Du hast noch nie eine starke Hand gespürt. Du bist dumm, aber formbar. Ich werde einen Mann aus dir machen.* Er roch abstoßend. Das Haus war voller Fliegen und Gelsen. Selbst im Winter wurde ich von Gelsen gestochen. Mir ekelte, wenn ich daran dachte, dass sie ihn vorher gestochen haben könnten. Ein Fliegenfänger hing über dem Esstisch, einer über der Abwasch. Die Fliegen klebten an dem goldgelben, giftigen Streifen fest, starben langsam und mühevoll. An der Frequenz ihrer Befreiungsversuche konnte man ablesen, wie lange der Todeskampf noch dauern würde. Ermüdung und Gift. Ein Tod in Gold. Wo gibt es diese Fliegenfänger noch zu kaufen? Früher gehörten sie zur Grundausstattung jedes Bauernhauses. Tiere und Mist ziehen Ungeziefer an.

Kalksteine: verwittert, ausgehöhlt, im Verfall begriffen. Vögel kreisen hoch über der Altstadt von Rovinj, über der Crkva Sv. Eufemije. Ein kleiner Junge hat eben mit einem Kescher einen kleinen Fisch im Hafenbecken gefangen. Es ist ein bisschen trist hier. Die Leute wirken angespannt und schlecht gelaunt. Vielleicht, weil Kroatien das gestrige Fußballländerspiel verloren hat? Jeden Freitag kam eine Hure zu ihm, angeblich. *Mehr Respekt, wenn du mit mir sprichst!* mahnte er mich oftmals. *Lern Geschichte!* hat er mich angeschrien. *Lern Geschichte, du kleiner Maturant! Wir waren schneidig damals. Weißt du überhaupt, was das Wort schneidig bedeutet? Die Welt hat uns gefürchtet, gehasst und bewundert. Wie Hornissen sind wir ausgeschwärmt. Wir haben den Krieg verloren, aber wir waren die Stärksten. Das wissen die Engländer, die Amis und die Russen. Sie fürchten uns noch immer.* Essensreste ließ er auf den Tellern in der Küche verschimmeln. *Was glaubst du, wie viele Bombenbastler es gibt in Österreich, wie viele Betrüger und Schläger? Du hast ja keine Ahnung!*

Hackers Haus war mehr als hundert Jahre alt. Der weiße Putz bröckelte ab. Feuchte Wände. Über einen steilen Hang, der nach Westen schaute, gelangte man zum Haus. Der Schotterfahrweg schlängelte sich in weiten Bögen hinauf und war in einem desolaten Zustand. Es war Hacker unmöglich, sich mit dem Rollstuhl außerhalb des Hauses zu bewegen. Es gab keine befestigten Flächen. Der Rollstuhl wäre im immer feuchten, tiefen Boden stecken geblieben. Im Schuppen verrosteten zwei Traktoren und anderes landwirtschaftliches Gerät. Es roch nach kaltem Öl. Das Licht schimmerte grünlich durch die schmutzigen Fensterscheiben. Alles war schmierig. Schwarzdreckige Ersatzteile lagen in einem heillosen Durcheinander. *Wenn man im Rollstuhl sitzt, ist man nichts mehr wert. Man hat kein Recht mehr zu leben. Man kostet den Staat zu viel. Alles muss sich selbst erhalten.* Formen der Erniedrigung. Ich brachte ihm die Post und Lebensmittel. Sonst ging keiner zu ihm hinauf. Jeder mied ihn. Ich war der einzige Mensch, zu dem er Kontakt hatte. Die Geschichte mit der wöchentlich kommenden Hure hatte er sicher erfunden. Zwei alte Frauen sitzen auf einer Steinmauer unterhalb der Kirche. Sie unterhalten sich angeregt auf Italienisch. Beide halten große Brieftaschen in ihren Händen. Viele Bewohner hier gehören der italienischen Minderheit in Istrien an, vieles ist zweisprachig angeschrieben in Rovigno, wie die italienische Schreibweise lautet. Am Südportal ein Relief der heiligen Euphemia, das ich natürlich fotografiert habe. Der Geruch des Meeres zieht mich an. Sehnsucht. Viele Menschen sind mit Krücken unterwegs. Eben ist ein junger Mann im Rollstuhl vorbei geschoben worden. Es muss hier in der Nähe ein Krankenhaus oder ein Sanatorium für im Krieg Verwundete geben.

Schon seit einigen Jahren kämpfe ich mit Schlafproblemen. Ich schlafe zwar ein, aber der Schlaf ist leicht, bleibt an der Oberfläche, seit langer Zeit kann ich nicht mehr durchschlafen, wache mehrmals pro

Nacht auf. Hacker ließ kein Mitleid zu. Er weckte nur meinen Hass. *Stinkt es dir nicht, dass du deine Hände immer in die Scheiße anderer stecken musst? Ein richtiger Mann hat seinen Finger am Abzug. Ihr Zivildiener seid alle zu schwach für den Feind, zu feig, zu eurem Vaterland zu stehen. Besser, ihr verkümmert in der schlechten Luft der Sanatorien und Krankenhäuser, als dass sich das Militär euer annimmt.* Auf dem Trg na lokvi sitzen Männer beim Schachspiel auf Parkbänken unter den Bäumen. Die schwüle Luft macht müde. Manchmal fallen kleine Tropfen aus der feuchten Luft. Einmal wieder richtig tief und lange schlafen. Im Sommer schwitzte er fürchterlich in seinen Hemden. Tagelang wechselte er seine Unterwäsche nicht. Weil er ständig trank, war auch seine Unterwäsche von ausgeschwitztem Alkohol durchtränkt. Ein beißender, stechender Geruch. Die Hemdkragen waren schwarz vor Dreck. Unter den Hemdsärmeln gelbe Flecken.

Die Vögel über mir beneidenswert frei, fliegen hoch über der Stadt, tollen, vereinigen und verlieren sich in ihrem Fangspiel. Die Fahrt durch Slowenien: Ich erinnere mich an einen Briefträger bei Marburg, ohne Helm auf seinem gelben Moped. Viele Heuschober, Scheunen ohne Wände, Pfeiler stützten die Dächer. Darin waren Maiskolben zum Trocknen aufgehängt. Viele öffentliche Gebäude in Rovinj sind verfallen, wirken verwaist. Über den Türen die kroatische Flagge. Man ahnt nicht, dass das Land vor einigen Jahren noch im Krieg lag. In manchen Gesichtern meine ich Gefallene zu sehen. *Schicken die mir einen Zivildiener. Keine Krankenschwester, keine ausgebildete Pflegerin. Einen Angelernten, der nichts kann und den Mund nicht aufbringt. Sich nichts traut, sich nicht wehrt. Der sich beschimpfen lässt und mich dabei traurig anschaut, der mich fürchtet. Wenn ich dir ein Stück Scheiße ins Gesicht schmeiße, dann kommst du nächste Woche trotzdem.* Immer nur rüde Attacken. *Dass man so eine Arbeit freiwillig macht, versteh ich nicht. Ich versteh es nicht. Bist du eine Frau? Trägst du einen BH? Steckst zu Hause in Kleidern?* Antennenwälder auf den Dächern. *Du hast damals sicher auch für den erstickten Neger demonstriert. Sollen sich die Polizisten ins Gesicht schlagen lassen? Von einem fremden Neger, der nicht zu uns gehört? Mir tut er nicht leid.* Der Wind kommt aus Südost. Mir kann sich die Welt nur in ihrer Kälte zeigen. Vor einigen Monaten trug Hacker mir auf, den Pfarrer heraufzubestellen, weil er unbedingt die Krankenkommunion empfangen wollte. Der Pfarrer kam nur widerwillig und nach mehrmaligem Nachfragen. Er verlangte vor Verabreichung der Kommunion die Beichte. Hacker weigerte sich. Die beiden fingen zu streiten an. Schließlich warf Hacker dem Pfarrer das Gotteslob ins Gesicht, worauf dieser erbost das Haus verließ. *Sie wollen so behandelt werden, diese verlogenen Pfaffen,* sagte er zu mir, nachdem er den Pfarrer verjagt hatte. *Sie sind einfach zu hochnäsig, auf der Kanzel fühlen sie sich wie Halbgötter, dabei sind sie doch schmierige Trick-*

ser, die nur im Schutz von Hostien, Weihrauch und Beichte überleben. Einfach nur jahrelang liegen. Und schlafen. *Klienten* sagt man zu den Leuten, die man zu betreuen hat.

Hacker zwang mich in seine Abhängigkeit. Das Haus liegt in einem Seitental des Steyr-Flusses. In der Gegend gibt es außer Schottergruben, Kalkwerken und Bauernhäusern nicht viel zu sehen. Einige Heimatmuseen, eine Köhlerei. Sonst Wälder, Berge, grüne Wiesen. Eine idyllische Landschaft auf den ersten Blick, aber ungemein brutale, kalte und habgierige Leute. In den Dörfern regieren Bauernschläue und Verschlagenheit. In Hackers Kleiderschrank tummelten sich die Motten. Der Großteil der Kleidung war von ihnen zerfressen worden. 14:30. Ich sitze auf einem Felsen am Meer, im Zlatni rt, einem Wald südlich der Altstadt. Die Schuhe habe ich ausgezogen, die Füße baumeln im Wasser. Die Regentropfen auf der in der Bucht recht stillen, kaum bewegten Meeresoberfläche. Ein Segelboot fährt in die Bucht ein, eine Frau in Ölzeug steht vorne am Bug, hält Ausschau. Eine Späherin. Ein archaisches Bild. Als die Regentropfen dichter fallen, dunklere Wolken aufziehen, setze ich mich auf eine Bank am Ufer, wo ich unter den Zweigen einer Kiefer geschützt bin. Von der gegenüberliegenden Seite der Bucht das Plärren einer Beach Bar, lauter und leiser, je nach Stärke und Richtung des Windes.

Am Jahrestag der Attentate des 11. September schickte er mich in die Küche, um zwei Gläser und eine Flasche Schnaps zu holen. *Wir trinken auf die Attentäter! Von Amerika kommt nur Schlechtes,* sagte er. Ich weigerte mich, aber er schrie mich so fürchterlich an, dass ich schließlich ein Glas mit ihm trank, um ihn zu beruhigen. Er war sehr zufrieden mit mir. Er erzählte mir vom Krieg. Wie sie mit den Flugzeugen einige Meter nur über den Wellen des Ärmelkanals nach England geflogen waren, vorher Alkohol getrunken hatten, um ruhiger steuern zu können. Am nächsten Tag rief er in der Dienststelle an und beschwerte sich darüber, dass ich im Dienst Alkohol getrunken hatte. Zwei schwarze Katzen liegen schlafend, eng aneinander geschmiegt auf den groben Steinen der Hafenmole. Es regnet sehr oft im Steyrtal. Bis spät in den Mai hinein liegt Schnee. Kaum Sonne im Winterhalbjahr. Das Tal ist kalt und feucht. Wenn es einige Tage keine Niederschläge gibt, trocknet der Boden ein wenig auf, aber schon kommt der nächste Regen. Die Leute tragen das schlechte Wetter mit sich herum. *Man muss sein Leben lang kämpfen! Das Leben ist ein einziger Kampf! Der Stärkere gewinnt!* hat er mir einzutrichtern versucht, indem er diese Sätze unermüdlich wiederholte. *Ich werde sie dir solange vorsagen, bis du verstanden hast!* Ich wohne in der Dämmerung. Ich lausche dem Vogelgezwitscher. Jetzt und in den frühen Morgenstunden, wenn ich wach liege. Der Boden in den Stallungen von Hackers Hof bestand aus gestampftem Lehm, selbst im

Wohnbereich gab es nur staubige Bretterböden. Zwischen den Brettern lagerten sich Schmutz und Staub ab. An manchen Stellen waren die Spalten so groß, dass Mäuse durchschlüpfen konnten. Immer wieder sah und hörte ich Mäuse. Ich musste Fallen aufstellen. Er nahm die toten Mäuse natürlich nicht heraus. Ich warf die halb verwesten, fürchterlich stinkenden Mäuse auf den Misthaufen.

Hacker verfolgt mich, auch hier am Meer. Ich versuche, nicht an ihn zu denken, verkrampfe mich dabei. Er tobt in meinem Kopf, brennt seine Leuchtfeuer ab, die mich blenden und irren. Kleine Eidechsen. Mit Baedeker unterwegs. Immer dichtere, dunklere Wolken. Ich schieße Bilder vom Meer. Fotografiere immer wieder das Wasser, die Meeresoberfläche. Ausflugsschiffe kreuzen draußen am Meer. Segelboote hart am Wind. Ich konnte mich seiner Kraft nicht entziehen. Schutz suchen. Karst: Das Gestein bricht auf und zerfällt. In den Ritzen, Spalten sammelt sich Erde: Etwas wächst dann dort heraus. Konstruktion von Identität, wo keine ist, wo ich keine spüre. Leere Flaschen, Scherben, Dosen am Strand. Ich wandere Richtung Škaraba. Exponierte Lage. Sehr hohe Wellen, die Gischt spritzt bis zum Weg herauf. Stürmisches Meer. So habe ich die Adria noch nie gesehen. Ein Sturm einmal bei St. Malo in der Bretagne und auf der schottischen Insel Skye. Dort viel höhere Wellen natürlich, aber auch hier schaut das Wasser gefährlich aus. Die Wellenkämme rasen gegen den

Fels. Gegenüber liegt Crveni otok, die Rote Insel. Viele ältere Leute sind hier, auch Familien mit Kleinkindern. Noch ist Vorsaison. Im Restaurant habe ich istrischen Schafkäse gegessen, vollkommen überteuert. Das Franziskanerkloster, Franjevački samostan, ist verschlossen, ein rostiges Gitter sperrt Besucher aus. Verlassen und leblos wirkt es, vielleicht ist es das auch. Klavierklänge. Neben dem Kloster eine Musikschule. Im Vorbeigehen schaue ich durch ein Fenster in einen Klassenraum: Zwei Mädchen sitzen am Klavier, spielen streng überwacht von der Lehrerin, die hinter den beiden steht und den Takt mit einem Stab klopfend vorgibt. Wo fängt Macht an? Wo hört sie auf?

In der ehemaligen Fabrik an der Uferpromenade zwei Supermärkte. Ein riesiges Gebäude, in verschiedenen Farben gestrichen, ohne Fenster. Unten, ebenerdig, zwei Türen, die zu den Supermärkten führen. Vor einem sitzen drei Trinker, vollbärtig und verwahrlost. *Du willst nicht wahrhaben, dass die Türken und Araber und die minderwertigen Slawen uns unterwandern. Die sind zwar dümmer als wir, aber aggressiver und kampfbereiter. Die wissen noch, was kämpfen bedeutet. Eure falsche Toleranz wird uns noch ruinieren!* Ein Fischer, der in seinem Boot sitzt und seine Netze ordnet, schaut zu mir hoch. Sein stechender Blick ist unangenehm. Er hat schwielige, verknöcherte Hände. Ich gehe weiter. *Wellness und Yoga! Wovon denn erholen? Von einem Büroarbeitstag? Wir sind unsere*

Einsätze Tag und Nacht geflogen. Ein vollkommen verrosteter Mistkübel an der Mole. In der verwinkelten, verfallenden Altstadt stehen in einem Gassenlokal etwa zehn Tische, Schachbretter darauf und Schachuhren. Zwei Männer, ein junger und ein alter, sitzen an einem Tisch, beginnen eben ihr Spiel. Ein Kava Capuccino Veliki in der Caffe Bar am Trg Pignaton kostet 10 Kuna. Stimmen aus dem Off.

Auch andere Klienten waren lästig und anstrengend, doch keiner war so boshaft wie Hacker. Einmal bekam er mich zu fassen, als ich zusammenkehrte und eben kniete, um den Staub und Dreck auf die Schaufel zu kehren. Er umfasste meinen Hals von hinten mit beiden Händen, drückte fest zu. Ich bekam keine Luft mehr, konnte mich jedoch befreien, indem ich ihm mit dem rechten Ellbogen hart in den Magen schlug. *Man muss auf alles gefasst sein, mein Lieber,* sagte er zu mir. *Begreif es als Teil der Ausbildung!* Der Wind über Rovinj dreht heute ständig. Im Café *Nikita* von Elton John. Bei der Herfahrt, auf Höhe Wiener Neustadt, war ein Stein gegen die Windschutzscheibe geknallt. Ich trinke einen zweiten Kava Capuccino Veliki. Ein Mann in einem elektrisch getriebenen Rollstuhl. Er hat einen blauen Hut auf, ein rotes Polo-Shirt. Seine rechte Hand ist gelähmt, der Unterarm ist nach hinten gekrümmt, unbrauchbar. Bizarr anzusehen. Welche Formen Menschsein annehmen kann. Eine junge Frau in einem Jeanskleid blickt sich hilfesuchend um. Was sucht sie? ICH als Text. Der

Text keine Analyse. Der Wind wirft die Speisetafeln, die vor den Restaurants stehen, um. *Es braucht eine feste Leitkultur! Sonst geht unsere verweichlichte Gesellschaft unter! Wer wäre denn heute noch für einen Krieg zu motivieren? Keiner! Lieber Gedenktaferl aufstellen. Du bist sicher auch so ein Juden- und Asylantenfreund!* Viele Leute streichen ihre Zäune, Türen, Boote für den großen Touristenansturm im Sommer.

Als ich Hacker fragte, warum er seine Füße verloren hatte und seit wann er im Rollstuhl saß, sagte er nichts und schickte mich zum Aufräumen in die Küche. Wochen später sagte er nur: *Fahrerflucht.* Jetzt ist er ein Krüppel. Er verdient es. Ich verspürte eine warme Befriedigung, als er das Wort Fahrerflucht aussprach. Ich hätte auflachen können vor Schadenfreude, später schämte ich mich dafür. Ich fotografiere die Meeresoberfläche. Immer und immer wieder. Ich suche die leeren Bilder. Ohne Menschen und Häuser, ohne Geschichten. In der Leere suche ich nach etwas Entferntem und Vergessenem. Die Leere hinter der Oberfläche, das bin ich. Ein Kerzengeschäft. Aufwändig verzierte, dabei kitschige Kerzen. Der Geruch nach warmem, langsam schmelzendem Wachs. Ein Wintergeruch. Slowenien: kleine, alte Traktoren. Der Geruch nach frischem Heu. Die *Michelle* aus Zadar legt an. Taue werden an Land geworfen, geschäftiges Treiben. *Yellow submarine* tönt auf Kroatisch aus den Lautsprechern. Ich bin ans Meer gekommen, um Hacker zu versenken und mich von den Wellen beruhigen zu lassen. Das gelingt mir nicht. *Unsere Eliten haben ein schlechtes Gewissen. Wir müssen uns bei niemandem entschuldigen! Wir haben genug bezahlt! Einmal muss Schluss sein!* Eine tote Maus am Strand.

In einem der Souvenirläden kaufe ich ein kleines Seepferdchen und einen Seestern. Immer wieder wird mein Blick auf Sv. Eufemije gelenkt, hoch oben. Erhaben, doch der Turm ist grazil und schlicht. Es riecht nach gegrilltem Fisch. Türen schlagen zu. Das Haus vor mir ist leer, ausgeräumt, verlassen. Flucht. Wind. Schatten. Ein Pfeifen. Ich finde mich nicht zurecht. Das Kriegerdenkmal am Luka Valdibora. Sozialistische Monumentalkunst. Sonst erinnert nichts an den Kommunismus. Auf Grund laufen. Ein blinder Mann geht die Mole entlang, tastet sich mit seinem Blindenstock nach vorne. Was er wohl wahrnimmt? Ins Meer hinein. Ich bin krank. Empfindsam und gefühllos, beides zugleich. Im Supermarkt gibt es getrocknete Stockfische zu kaufen. Sie sind in Plastikfolie verpackt, das weißliche Fleisch schaut verwest und ungenießbar aus. Viele kaputte Häuser. Ein Segelschiff kreuzt in der Bucht auf und ab, wie zum Training. Man hört das Schlagen, das Klappern seiner Segel einige hundert Meter weit. Grillen zirpen, oder sind es Zikaden? Viel lauter als zu Hause. Kleine Krebse, vielleicht drei, vier Zentimeter groß. Ich beobachte sie. Vom Meer her Geräusche, die ich nicht identifizieren kann. Wie ferne Explosionen oder ein Helikopter, der irgendwo außerhalb meines Blickfeldes kreist, oder Donnergrollen, oder nur die Wellen, die gegen die Klippen draußen schlagen, gegen die kleine Insel prallen und brechen. *Die Demokratie ist die schlechteste aller Regierungsformen. Das hat Churchill gesagt.* Der Wind wird stärker, der Donner häufiger. Die Bäume ächzen, kein Vogelgezwitscher mehr. Dunkler die Szenerie. Der Himmel ein böser alter Mann. Ich mache wieder Fotos vom Meer und vom dunklen Horizont.

Um sieben Uhr erreiche ich nach schnellem Marsch das Zentrum von Rovinj, finde ein Restaurant. Als ich Tomatensuppe und ein Gemüseomelett bestelle, bricht das Gewitter los, es regnet stark. Ich sehe mit den anderen Gästen von der überdachten Terrasse in den Regen hinaus. Die Plätze leeren sich. Ich bezahle 52 Kuna, gebe 5 Kuna Trinkgeld. Hvala! Der Regen legt sich, im Hafen ist das Wasser aus dem Hafenbecken getreten, überflutet den Platz. Auch die Gassen voller Wasser, das nicht versickern kann und unter den Türritzen in die Lokale dringt. Unterwegs zum Fremdenzimmer bricht das Gewitter wieder los. Ich laufe nach Hause, hole mir nasse Füße. Meine Regenjacke ist völlig durchnässt, auch die Unterbekleidung. Ich ziehe die Sachen aus, hänge sie zum Trocknen auf, stopfe Zeitungspapier in die nassen Schuhe. 22:03: Es regnet immer noch. Ich habe das Fenster geöffnet. Unter mir liegt der sorgsam gepflegte Gemüsegarten meiner Vermieterin. Ich trinke Jamnica Mineralwasser, 1828 steht auf dem Etikett. Die Skifahrerin

Janica Kostelic wirbt auf dem Etikett. Marburg: Die Eisenbrücke über die Drava ist mir in Erinnerung geblieben. Als ich mit dem Auto die Save überquerte, dachte ich: Das also ist die Save.

Mein Zimmer: schwarze Möbel, rot umrahmt. Ein großer Kasten, auf einer der drei Kastentüren ist ein Spiegel angebracht. Auch über dem Doppelbett ein Spiegel und an der gegenüberliegenden Wand, über der Kommode. Schwarz und Rot: eine düster-lüsterne Kombination. Heute Nachmittag wusch ich mir das Gesicht mit Meereswasser und war überrascht, wie salzig es schmeckte. Auf der Herfahrt ständig Bremsspuren, schon auf der Südautobahn. Auch welche, die frontal gegen die Mittelleitschiene führten. Zeichen des Todes, der Verletzbarkeit. Ein Autoreifen lag zerfetzt am Pannenstreifen.

Ich kann nicht einschlafen, habe das Licht wieder aufgedreht. Es regnet nicht mehr. Kein Wind. Es hat merklich abgekühlt. Tropfen fallen von den Bäumen. Ein einzelner bellender Hund, weit entfernt. Motorenlärm vom Hafen her. Niemand will alleine sein.

Schonzeit

Freudiges Hundegebell. Tom stand im Pullover draußen vor der Tür, verspannt von der langen Autofahrt, den Anorak hatte er auf dem Beifahrersitz liegen lassen. Der Wind blies den Motorenlärm über die braunen, aperen Felder zum Wald hin, er hatte Geschwindigkeiten von 100 km/h erreicht, das war zuvor im Radio gemeldet worden.

„Tom! So eine Überraschung! Nein, so eine Freude! Komm rein!"

Sie umarmte ihn, bekam ihn, da er mehr als einen Kopf größer war als sie, nur auf Brusthöhe zu fassen, der Hund sprang an ihm hoch, wedelte mit dem Schwanz.

„Kann ich ein paar Tage bei dir bleiben?" Er streichelte den Hund. „Braver Hund!"

„Natürlich, das weißt du doch! Komm rein, ich hole mir den Tod, wenn ich noch länger in diesem Wind stehe."

„Warum hast du den Kleinen nicht mitgebracht?"

„Marion ist mit ihm in Wien geblieben."

„Ich hätte ihn so gern gesehen. Er ist sicher wieder gewachsen."

„Der wächst und wächst, es ist eine Freude."

„Krabbelt er schon?"

„Gerade angefangen damit."

„Wie geht es denn Marion?"

„Frag lieber nicht. Es ist nicht so einfach im Moment. Der Kleine braucht viel Aufmerksamkeit, er schreit oft. Ein Kind ist eine große Umstellung."

„Bist du deshalb alleine gekommen?"

Er zog die Schuhe aus, trat in die Stube, streckte sich, dann ließ er sich auf den Diwan fallen, gähnte lange. Großmutter brachte ihm eine Flasche Bier.

„Oder willst du einen Tee?", fragte sie.

„Nein, nein, aber zu kalt sollte es nicht sein."

„Warum bist du alleine gekommen?"

„Ein paar Tage Ruhe, Oma, ein bisschen Abstand." Er nahm einen Schluck Bier, stellte die Flasche auf den Boden. Der Hund sprang zu ihm auf den Diwan, streckte sich neben ihm aus.

„Abstand? ... Was heißt Abstand? Du bist seit ein paar Monaten Vater, Tom, ist ein bisschen früh, um Abstand zu nehmen, meinst du nicht? Du hast jetzt Verantwortung als Vater. Für Marion, für den Kleinen. Da kannst du doch nicht Abstand nehmen!"

„Aber Oma ..., ist doch nur für ein paar Tage! Ich brauche einfach einige Tage Ruhe. In der kleinen Wohnung kleben wir doch nur aufeinander und streiten uns."

„Na, du bist gut! Denk doch an Marion. Sie braucht

dich jetzt! Meinst du, so eine Geburt ist ein Kinderspiel? Marion braucht dich jetzt, verstehst du das nicht?“

„Das weiß ich, das weiß ich ja! Ich bin ja kein Unmensch! Aber es läuft nicht im Moment, ... es läuft einfach nicht. Marion und ich streiten und der Kleine schreit. Ich gehe unausgeschlafen zur Arbeit, komme müde von der Arbeit heim und verbringe den restlichen Tag mit Hausarbeit. Hol das, tu das, kannst du nicht, nimm du ihn mal ... so geht das die ganze Zeit. Und Marion ist ständig schlecht gelaunt, aber lassen wir das, Oma, ich bin müde ...“

„Aber es ist doch schön, Kinder zu bekommen.“

„Ja Oma, aber ich will heute einfach nicht darüber reden, ich kann nicht mehr darüber reden. Ich will einfach nur ausschlafen und einige Tage Ruhe haben. Wer hat denn geheiratet?“

„Aber im Winter heiratet doch niemand, mein Lieber!“

„Gut. Wer ist denn gestorben?

„Gestorben? In letzter Zeit ist auch niemand gestorben.“

„Und sonst gibt es auch nichts Neues?“

„Eigentlich nicht. Außer dass der Winter viel zu mild ist. Hast du Hunger?“

„Ja, hab seit Mittag nichts gegessen.“

„Ich mach dir ein Schnitzel. Das schmeckt dir doch?“

Um vier Uhr war seine Schicht zu Ende gegangen, es war ein langweiliger Tag gewesen, er hatte drei kurze Beiträge für das Kulturjournal schneiden müssen. Im Bus nach Hause hatte es ihn vor den vielen Leuten geekelt. Als er vor der Wohnungstür gestanden war, hatte er überlegt, ob er aufsperren sollte oder kehrt machen und sich ins Café unten setzen, zwei Gläser Rotwein trinken und einige Zigaretten rauchen, aber er hatte schon Marions Vorwürfe im Ohr: Wie du nach Rauch stinkst! Und getrunken hast du auch! Du amüsierst dich und ich muss zu Hause bleiben!

Großmutter war beim Fernsehen eingeschlafen, schlief in ihrem Sessel neben dem Kachelofen. Er hatte sie mit einer Decke zugedeckt. Ein überzeitliches Bild. Schlafende beruhigen. Der Kachelofen gab eine behagliche Wärme ab. Tom legte zwei Scheiter nach. Er holte den Besen aus dem Abstellraum, kehrte den Dreck weg, den er beim Nachlegen der Scheiter gemacht hatte, bemerkte, dass der Stubenboden schmutzig war, kehrte die Stube und die Küche auch noch. Er schaute zum Küchenfenster in den dunklen Hof hinaus, sah nichts als schwarz, drehte das Licht in der Küche ab, langsam stellten sich die Pupillen auf das Dunkel ein, langsam formierte sich der Hof, sah er die Leiter an der gegenüberliegenden Hausmauer lehnen, zeichneten sich die Hundehütte und die zwei Regentonnen ab. Er kletterte auf die breite und tiefe Anrichte, wie er es als Kind gemacht hatte, kauerte sich direkt vor das Fenster, drückte sein Gesicht gegen die Scheibe, die kalt war, hauchte auf das Glas. Jetzt hätte er gerne seinen kleinen Sohn neben sich gehabt, hätte ihn gehalten und mit ihm in den dunklen Hof geschaut.

Als er den Fernseher ausschaltete, seufzte Großmutter auf. Er blieb vor ihr stehen, betrachtete sie. Ihre Haare waren ordentlich frisiert. Man dürfe sich nicht gehen lassen im Alter, sagte sie immer, im Gegenteil, man müsse sich mehr pflegen als in der Jugend. Ihre Haut war noch recht glatt, ihre Gesichtsfarbe lebendig, niemand sah ihr die 73 Jahre an. Sie atmete ruhig, die Schürze über ihrem in den letzten Jahren kaum merklich größer gewordenen Bauch hob und senkte sich in einem beruhigenden Rhythmus. Vielleicht wäre es wirklich besser gewesen, hier bei dir zu bleiben und den Hof zu übernehmen, anstatt nach Wien zu gehen, dachte er. Ich bin nie wirklich heimisch geworden dort, im Grunde sind mir die Stadt und ihre Lebensweisen fremd geblieben und ich fühle mich dort immer noch so, als wäre ich bloß auf Abruf. Er öffnete leise die Tür, die Großmutter bemerkte es.

„Du willst doch jetzt nicht noch einmal raus?“, murmelte sie, die Augen nur halb geöffnet, der Hund schlief eingerollt unter dem Sessel.

„Ich schau nur, ob alle Tore fest zu sind und die Dachziegel halten. Keine Sorge, Oma, schlaf weiter!“

„Aber pass auf.“

Er schloss behutsam die Stubentür, schlüpfte in die gefütterten Winterstiefel und öffnete die Hoftür. Der Wind brüllte jetzt, er hatte Orkanstärke erreicht, fegte ihm feinen Schmutz ins Gesicht. Er breitete die Arme aus, stemmte sich gegen den Wind, schrie vor Freude. Ihm blieb fast die Luft weg, so stark ging der Wind, der Sturm hatte mildere Luft gebracht, es musste über zehn Grad haben, viel zu mild für eine Januarnacht. Wohin wird das noch führen, dachte er, wohin wird das noch führen? Ein Winter ohne Schnee, schon blühen die ersten Sträucher, viel zu früh. Tom prüfte, ob das Einfahrtstor fest verschlossen war, dann das Stadeltor. Das Dach schien in Ordnung zu sein. Die Obstbäume krachten im Wind, auf der Schotterstraße, die um den Vierkanter führte, lagen abgebrochene Äste. Er genoss es, draußen im Wind zu sein, eins zu sein mit ihm, von ihm berührt und gelenkt zu werden. Die Schritte gegen die Windrichtung fielen ihm schwer. Er keuchte. Er drehte sich um, lehnte sich nach hinten gegen den Wind. Dann lief er los, schnell und schneller, sprang, flog nicht, machte einen weiten Satz, lachte vor Freude. Er nahm einen Ast und warf ihn in Windrichtung, konnte nicht sehen, wie weit er flog, zu dunkel war die Nacht, hörte ihn nicht aufprallen, er hatte das Gefühl, noch nie so weit geworfen zu haben. Er ging über Schotter, zum Tor auf der Ostseite des Hofs. Schweres, festes Holz. Er lehnte sich gegen das Tor, streckte die Hände aus, befühlte das Holz. Hier war es fast windstill und ruhiger, der Wind raste über den Hof, heulte in die Nacht. Tom roch das Land, kein Wintergeruch, nein, er roch die Äpfel- und Birnbäume, ihre Rinde, ihr fauliges Obst. Er ging in die Knie, lehnte sich mit dem Rücken an das Tor, der Wind ging, lief, drängte, keuchte, schlug Haken, er war in seinem Schatten, atmete tief, schloss die Augen, hörte den Wind. Hier möchte ich bleiben, dachte er. Marion war weit weg. Kurz blinzelten zwei Sterne auf. Er beschloss, ins Dorf zu gehen. Es war kurz vor zehn Uhr. Er setzte die Kopfhörer auf, sein Kopf war klar.

„Mir ist sooo fad hier, Tom! Es ist soo langweilig hier. Jeden Tag die gleichen eintönigen, ermüdenden Prozeduren: Die Kinder aufwecken, Frühstück machen, die Kinder anziehen, zum Bus bringen, am Vormittag einkaufen, putzen, waschen, bügeln, mittags die Kinder vom Bus holen, kochen, Hausaufgaben machen, sie zum Fußballtraining bringen und in die Musikschule, putzen, bügeln, abends wieder kochen und jeden Abend Tränen beim Bettgehen und Tränen und Geschrei und Streitereien beim Spielen. Alle zwei Wochen ist eines der Kinder krank. Ich bin noch keine 35 und fühle mich wie 45! Ich lebe nicht mehr, ich funktioniere. Noch! Drei Kinder sind einfach zu viel für eine Alleinerzieherin. Wenn ich nicht einmal in der Woche am Abend hier in der Bar wäre, glaub mir, ich würde durchdrehen. Überleg dir genau, ob du Kinder haben willst.“

„Ich bin vor sechs Monaten Vater geworden.“

„Oh, das überrascht mich jetzt aber! Das hätte ich nicht gedacht ... Na, gratuliere!"

„Ist schon okay. Um ehrlich zu sein, war es nicht geplant."

„Passt auch nicht zu dir, Tom. Du warst immer einer, der frei sein wollte. Wenn sie so klein sind, sind sie herzig, aber später verliert sich das ... ist es ein Bub oder ein Mädchen?"

„Ein Bub. Markus heißt er. Ich bin schon glücklich und stolz ... und es ist ein gutes Gefühl, Vater zu sein, aber wenn er nicht schläft, schreit er halt fast ununterbrochen. Es ist so anstrengend! Marion und ich sind mit den Nerven ziemlich am Ende."

„Das ist halt so mit Kindern, aber wir wollen uns jetzt nicht den ganzen Abend lang bemitleiden, Tom, so jämmerliche Gestalten sind wir ja auch nicht. Wie lange haben wir uns jetzt nicht gesehen? Komm, wir bestellen was."

Der Kellner brachte zwei Martinis, dann noch zwei. Draußen ging der Sturm, in Teilen Ober- und Niederösterreichs war deshalb der Bahnbetrieb eingestellt worden, die Großmutter schlief in ihrem Sessel, Marion stillte den Kleinen, er hörte Feuerwehrsirenen.

Tom erzählte von der Arbeit beim Fernsehen, Erika von ihrem Ex-Mann, er erzählte Witze, sie lachte, er blickte auf ihr Dekolleté, sie berührte seinen Oberschenkel, er bestellte noch zwei Martini, er rauchte, legte seinen Arm auf ihre Schultern.

„Ich muss jetzt wirklich nach Hause, Tom, die Babysitterin muss um zwölf zu Hause sein."

„Ist es schon so spät?"

„Begleit mich halt noch zum Auto."

Er zahlte, dann standen sie vor ihrem Ford Fiesta.

„Soll ich dich heimfahren?", fragte sie.

„Danke, aber ich gehe lieber zu Fuß. Ich mag stürmische Nächte."

Er beugte sich zu ihr, küsste ihren Hals, sie ließ es sich gefallen, er küsste sie weiter, zaghaft und ein wenig behäbig und ungeschickt, wegen der vielen Martinis.

„Sind die Gewehre von Opa eigentlich noch da?", fragte Tom beim Frühstück am nächsten Morgen.

„Die sind alle im Waffenschrank oben. Ich hab sie nicht angefasst. Der Zehetner war einmal hier und hat mich gefragt, ob ich sie ihm verkaufen würde, aber dann hat er sich nicht mehr gerührt."

„Und die Patronen?"

„Werden auch oben sein. Ich weiß es nicht. Weggegeben hab ich jedenfalls nichts."

„Ich schau mal rauf."

Tom ging hinauf ins Jagdzimmer. Dort hingen die Trophäen des Großvaters, Rehschädel vor allem, aber auch ausgestopfte Fasane, Hasen, ein Wildschweinkopf. Er öffnete den Waffenschrank, da waren drei Gewehre. Er kannte sich mit Waffen nicht aus, nahm ein Gewehr vorsichtig in die Hand. Kalt war der metallene Lauf, er legte an, zielte auf den Wildschweinkopf, hatte den Finger am Abzug. Stellte die Waffe wieder in den Schrank, nahm die zweite, befühlte sie, legte auch sie an, dachte, dass er gern schießen würde, in der Nacht im Baumgarten.

Zum Mittagessen gab es Rindsbraten.

„Warum willst du den Hof nicht übernehmen, Tom? Leblos liegt er da und verfällt mit mir. Das Haus wird nicht besser." Jedes Mal, wenn er sie besuchte, kam sie auf die Hofübergabe zu sprechen.

„Wir haben schon so oft darüber diskutiert, Oma." Er seufzte. Es schmerzte ihn, ihr Schmerz zuzufügen. „Wie stellst du dir das vor? Ich bin doch kein Bauer. Nicht der Typ dafür. Ich halte es keine Woche auf dem Land aus", antwortete er und dachte in dem Moment das Gegenteil: Dass er sich doch vorstellen könnte, hier zu sein, die Arbeit am Hof zu machen, seine Großmutter könnte auf den Kleinen schauen. Sie wäre immer zu Hause. Er wäre nicht allein. Alte Leute geben Rückhalt, vermitteln Sicherheit. Und mit Marion könnte es hier nicht schlechter laufen als in Wien.

„Was wird mit dem Hof, wenn ich nicht mehr bin?", fragte sie, „Das ist nicht schön, verstehst du, zu sehen, wie alles vergeht und verkommt. In den Fünfzigern haben wir zwei Knechte gehabt, einen Rossknecht und einen Stallknecht, und drei Mägde. Drei Kinder, dein Großvater und deine Urgroßeltern. Wir waren elf Personen am Hof. Während der Ernte kamen oft noch vier oder fünf Helfer dazu. Und jetzt bin ich allein am Hof, der mir viel zu groß ist. Hab keinen zum Reden außer den Hund."

„Du musst halt öfter ins Dorf gehen, Oma, der Nachbar geht jeden Tag ins Kaffeehaus, nimm dir an ihm ein Beispiel. Es ist doch klar, dass dir beim Zuhausebleiben langweilig wird."

„Du willst doch nicht, dass ich mit dem alten Säufer ins Kaffeehaus gehe?"

„Nein ..."

„Ich schaffe das alles nicht, Tom. Was ist, wenn ich krank werde und ins Spital muss? Was dann? Oder wenn ich stürze? Einen Unfall habe?"

„Ich weiß nicht ... Wir haben dieses Problem tausendmal durchgesprochen, Oma. Ich bin in Wien, ich arbeite beim Fernsehen, ich hab Frau und Kind und Wohnung dort, ich kann den Hof nicht übernehmen. Ich habe keine Ahnung von der Landwirtschaft. Ich bin nicht fürs Bauersein geschaffen."

„Marion hat doch letzthin auch gesagt, sie könnte sich vorstellen, auf dem Hof zu leben."

„Marion hat doch keine Ahnung! Die hat doch noch nie einen Stall von innen gesehen!", brauste Tom auf.

„Ist schon gut", sie streichelte den Hund, der legte sich auf den Rücken, sie kraulte ihn weiter.

Er hatte ein schlechtes Gewissen, weil er Marion noch nicht angerufen hatte. Sie hatte sich aber auch nicht gemeldet. Er konnte nicht mit ihr reden, er konnte und wollte nicht. Tom hatte Angst, etwas Falsches, etwas Endgültiges zu sagen am Telefon. Es war kurz nach vier am Nachmittag, er war seit drei Stunden unterwegs, ein langer Spaziergang, ins Dorf zuerst, dann über die Felder zum Wald. Ein trüber Tag, es regnete leicht, war den ganzen Tag nicht richtig hell geworden, und jetzt wurde es schon wieder finster, schneller und immer schneller, schwarz ragten die Fichten vor ihm auf.

Tom stand vor dem dunklen Wald, es war gefährlich, der Wind stürmte immer noch. Es ist eine Mutprobe, dachte er, als Kind habe ich auch einige Mutproben bestehen müssen. Und: Diese Welt verlangt keinen Mut mehr, man arbeitet, kauft ein, schließt Versicherungen ab, das Lebensbedrohende sieht man nicht, die schlechte Luft, die Krebs verursacht, die Strahlen, ein plötzlicher Autounfall. Seine Hose war feucht vom Regen, schlug um seine Beine, er ging ein paar Schritte in den Wald, hier war es leiser. Dunkeldunkel war es, die Äste rauschten auf und ab, die Stämme schwankten wie verkehrt aufgehängte Pendel. Hier musste früher der große Ameisenhaufen gewesen sein. Es wurde ein wenig heller, er kam zu einer Lichtung, wie lange war er schon nicht mehr nachts im Wald gewesen? Die Bäume sahen aus wie die Beine alter Männer, er machte ein Reh aus, das am anderen Ende der Lichtung stand, dreißig, vierzig Meter von ihm entfernt im dunklen Grau. Es bewegte sich nicht, stand still, starr. Er kauerte sich auf den Boden, bemüht, kein Geräusch von sich zu geben, um es zu beobachten. Plötzlich hörte er einen Schuss, drei Augenblicke später fiel das Reh tot um. Er war zu Tode erschrocken, eben noch war das Reh gestanden, er wusste nicht, ob er aufgeschrien hatte vor Schreck oder nicht. Es ist doch Schonzeit, dachte er nervös, es muss doch Schonzeit sein! Nur keine Panik, dachte er, ruhig bleiben, eine Panik können wir jetzt nicht gebrauchen. Er lag flach am Boden, versuchte, in die Nacht zu hören, aber sein Herz pochte schnell und laut und auch seinen Atem bekam er nicht unter Kontrolle. Ein Wilderer? Ein Verrückter? Sollte er fliehen? Weglaufen? Aber wohin?

Blitzschnell war das Reh umgefallen, jetzt dachte er an Erika, an ein warmes Bett, an den Rindsbraten von Großmutter. Liegen bleiben oder weglaufen? Das war jetzt die Frage. War er gesehen oder gehört worden? Sein Herz schlug wild, spielte verrückt, schlug nicht im Takt, wie er sich einbildete. Waren das Schritte? Hörte er Schritte? Waren das Schritte? Er sah Markus im Kinderwagen, hörte ihn schreien, hörte ein Schreien, waren das Schritte, hörte er Schritte, hatte er ein Schreien gehört? Bevor er sich dazu entscheiden konnte wegzulaufen, lief er auch schon, blind rannte er Richtung Dorf, die Hände schützend vor dem Gesicht, auf dem Weg lief er, ich muss weg vom Weg, dachte er, auf dem Weg bin ich leichte Beute, er lief ins Unterholz, Äste peitschten ihm ins Gesicht, er stolperte, hetzte weiter, duckte sich, drängte, raffte sich nach vor, immer nur nach vor, die Äste im Gesicht, ich laufe doch hoffentlich in die richtige Richtung, dachte er und dass er so langsam war wie in seinen Albträumen. Er lief über Schnee, das Unterholz wurde dichter, langsam nur kam er voran, viel zu langsam, raus, raus, raus, dachte er, nur raus hier, plötzlich war da eine Mulde, er fiel hin, es war heller, er erkannte den Waldrand, lief, schaute nach hinten. Weiterlaufen oder verstecken? Die Lichter des Dorfs in weiter Ferne. Dazwischen leere Felder.

Den Feind im Körper

Am Abend, spät, am Telefon:

„Ich kann nicht mehr, Anne, ich kann nicht mehr. Ich muss jetzt ins Bett."

„Rede noch mit mir!"

„Ich bin müde. Ich kann nicht mehr. Ich habe dir doch schon alles erzählt. Die Ärzte wissen ja auch nichts."

Ausgepumpt. Leer. Vollkommen leer. Und müde. Die Gedanken. Die Sorgen. Wenn. Warum. Seit gestern Mittag im Krankenhaus. An seinem Bett. Das Surren, Summen, Piepen, Tacken der Apparate, der Maschinen. Flüssigkeiten tropfen aus Schläuchen. Im Takt. Sekundentakt. Gleichförmig. Unaufhaltsam. Am Leben halten. Die Tropfen. Die Antibiotika. In Sicherheit wiegen. Angst um ihn. Verdammte Angst um ihn. Beatmet. Stumm. Reglos. Wie ich immer nur dachte: Heute stirbst du nicht, Vater, heute nicht! Heute ist nicht der Tag dafür! Erst dachte, dann sagte ich es. Anne am Telefon: Simon geht es gut, aber nachts wacht er auf und fragt nach dir. Wo ist Papa?, fragt er. Drei, vier Mal in der Nacht. Weint. Der Vater mit seinem Kind. Wenn Vater doch nur gerettet wäre. Das Kind sucht den Vater. Es braucht ihn. Es soll seinen Großvater nicht verlieren. Rette dich Vater! Werde gerettet! Er schnauft schwer. Schwer schnauft der Vater. Ringt. Rauft. Kämpft mit schwachen Lungen gegen den Virus. Er wird es schaffen! Wird es schaffen!, sagt sie durchs Telefon. Redet mir zu, Anne, sie redet mir zu. Tröstet. Das kann sie. Wie sie das kann. Doch ich wortkarg und stumm dann am Schluss des Gesprächs, elendsmüde. Das Gähnen nicht mehr zu unterdrücken. Und doch werde ich nicht einschlafen können. Die Gegenwart. Die Vergangenheit. Den Moment nicht verpassen. Im richtigen Moment. Da sein. Im richtigen Moment seine Hand halten. Den Kleinen, wie ich ihn neben mir fühle. An meiner Seite. Wir zwei. Das seine Kindheit, die wir ihm schaffen, Anne und ich. In unserer Wohnung. In seinem Zuhause. In unseren Gewohnheiten. Sein Bett. Sein Löffel. Sein Trinkbecher. Mit Spielzeug, das wir ihm kaufen. Mit Dingen, die wir benennen. Mit Geschichten, die wir ihm erzählen. Die er noch nicht versteht. Singsang. Wie er lacht. Wie er schreit vor Wut. Wie er sich freut. Kinderlieder. Backe, backe Kuchen. Wie er auf die Tauben zeigt. Auf Autos, Motorräder, Kirchturmuhren, Hunde, Schwäne. Sonnenschein. Aufs Essen freut er sich. Vorm Schlafen fürchtet er sich. Wenn er auf mir einschläft nachmittags. Daseinsgrund. Und wenn nur er. Nur er. Zum Vater: Heute stirbst du nicht, Vater! Halt durch! Zaubersprüche.

Vermaledeit! Zünd den Weihrauch an. Meinen Segen hast du.

Der Schock, als die Nachbarin anrief am Mittwoch. Stromschlag im Koordinatensystem. Der Vater im Krankenhaus. Verdacht auf Schlaganfall. Verwirrt sei er gewesen, auch aggressiv, beim Sprechen Probleme, sagte sie, die Nachbarin, deshalb habe sie die Rettung verständigt, man wisse nie. Im Krankenhaus Untersuchungen. Drei Tage, die Ärzte finden nichts. Die Telefonate mit ihnen. Es gehe ihm besser, es gehe ihm gut. Aber immer noch ein Kribbeln im Fuß. Durchblutungsstörungen. Ein leichter Schlaganfall vielleicht. Vater genervt am Telefon, es gehe ihm gut, er sei gesund, er verstehe nicht, warum man ihn überhaupt ins Krankenhaus gebracht habe. Warum man ihn hier behalte. Ein kleiner Schwächeanfall, das sei doch nichts Ungewöhnliches. Schließlich sei er 75. Die Nachbarin, die habe sich doch nur aufspielen wollen. Die habe er nie leiden können. Kein Wunder, dass die Ärzte nichts gesehen hätten bei der Kernspintomografie. Beruhigt war ich nicht. Vater rückt nie heraus. Spielt sein Spiel und wehrt ab, damit er in Ruhe gelassen wird. Anne merkte meine Unsicherheit. Mein Unbehagen. Meine Ahnungen. Fahr zu ihm. Man muss sich um ihn kümmern. Nimm dir ein paar Tage frei! Ich: Er wird es nicht wollen. Du kennst ihn. Als ich in Linz war, gestern, im Krankenhaus der Barmherzigen Brüder, der Vater nicht im angegebenen Zimmer, da wusste ich. Die

Stationsschwester. Eine plötzliche Verschlimmerung. Wie in einem Fernsehfilm. Gut, dass Sie gekommen sind! Intensivstation. Der Kreislauf. Die Lunge. Plötzlich. Das Herz. Künstliche Beatmung. Die Ärzte. Ratlos. Abwarten. Alles tun. Die Lage ernst. Stabilisieren. Beobachten. Überwachen. Rund um die Uhr. Hoffen. Beruhigen Sie sich! Schulterklopfen. Kaffee. Hastig und gierig die Zigaretten reingezogen. Reingestopft. Anne angerufen. Bleiben. Ob ich mich zu ihm ans Bett setzen darf?

Tranige Stunden. Zehrend. Das Gefühl, Verbotenes zu tun, als ich seine Wohnung aufschloss. Der Geruch nach altem Mann. Luft aus alten Lungen. Alte Haut. Trocken. Schuppig. Zäher Schmutz. Sein Mantel riecht. Sein Sakko riecht. Das Geschirr riecht. Die Bücher riechen. Nach ihm. Der Esstisch vollgeräumt. Aschenbecher. Teller. Gläser. Medikamentenschachteln. Kamm. Werbeprospekte. Zigaretten. Kugelschreiber. Zeitungen: *Standard* und *Furche*. An der Wand die betenden Hände von Dürer. In seiner Lehrzeit gemacht. Aluguss. Das Kreuz im Wohnzimmer und über dem Doppelbett. Im Wohnzimmerregal der Katechismus. Der Zweite Weltkrieg. Bücher von Simmel, Konzelmann, Scholl-Latour. Ein Bildband UdSSR. Arbeiterolympiaden. Bücher von Gysi, Lafontaine, Brandt, Papst Benedikt. Ein Kauz ist er. Immer schon. Zwischen den Zeiten. Die Gegenwart immer nur ein schmaler, spitz zulaufender Schatten. Die Gesamtausgabe von Franz Kain. Freak. Ohne Freunde.

Auch mit den letzten Genossen in der VÖEST hatte er sich's verdorben. Gefreut, als in Graz der Wahlerfolg. Mietwucher. Anliegen der kleinen Leute. Zuhören. Ernst nehmen. Ein richtiger Linker. Das Kapital, das vernichtende Kapital. Zwei Sparbücher. Eins fürs Begräbnis. Eins für mich. Die Losungswörter im Wandverbau versteckt. Unbefristeter Mietvertrag. 45 Quadratmeter. Wohnküche. Blick auf die Wiener Straße. Die Straßenbahnlinien. Dreispurige Straßen. Lagertürme. Getreide. Alteisen. Schmiermittel. Tankstelle. Schienen. Waggons. Kalter Rauch. Billiges Scheinwerferlicht. Fließender Verkehr. Grünphasen. Die Hinterglasmalereien der Mutter. Biergläser aus München und Rosenheim. Ein Nachtfalter ist er. Ruhig gibt es nicht. Immer was im Kopf. Immer etwas, das ihn störte. Ein Feuer. Das umging in seinem Kopf. Abwehr und Angriff. So einfach mal ruhig nie. So kennt man ihn nicht. Nur abends und nachts, wenn er las. Konzentriert. Bleistift. Sätze markiert. Unterstrichen. Rufzeichen. Nie aber etwas dazugeschrieben oder kommentiert. Die Bücher heilig. Die Vorhänge aus den Siebzigern. Als ich weg ging, zogen die Eltern in die Wiener Straße. Brauchen ja keine so große Wohnung mehr. Verschwendung. Dicker, seitdem er in Pension ist. Die Knie. Seltener raus. Dritter Stock. Beschwerlich. Das Angebot, bei uns zu wohnen. Wie wütend er wurde, als ich meinte, er lebe hier wie in Isolationshaft, das tue nicht gut, immer allein, das tue doch nicht gut. Wenn etwas passiere. Einmal raus in der Woche. Zum Einkauf. Sonst lesen,

Radio, Fernsehen. Telefoniert nicht gern. Lebenszeichen. Quält sich mit Stock die Stiege runter über die Straße ins Geschäft. Schritt für Schritt. Schiebt sich so vorwärts. Wie ein Kasten. So steif. Manchmal die Nachbarin. Milch, Butter, Käse, Schinken, Brot, Zahnpasta, Seife, Klopapier. Sparsam. Nicht umziehen. Unter gar keinen Umständen. Ich ein spätes Kind. Als die Hoffnung schon aufgegeben war. Ein unerwartetes Geschenk. Die Mutter über vierzig. Das Risiko. Damals ohne all die Maschinen. Ohne Ultraschall. Viel gelegen. Viel Kraft gekostet. Trinkt kaum. Mit drei Wochen schon erkältet. Eistage.

Gehen Sie heim, ruhen Sie sich aus! Schlafen Sie! Hier können Sie nichts für ihn tun. Sie sind seit 30 Stunden bei ihm. Legen Sie sich ins Bett. Wir rufen Sie an, sollte etwas passieren. Die Sätze, die ich ihm zuflüsterte heute. Wieder und wieder: Du musst wieder zu Kräften kommen! Gib dich nicht auf! Atme! Sätze, die aus der Leere kommen und ins Nichts strömen. Du musst wieder zu Kräften kommen! Autotür auf. Schlüssel ins Zündschloss. Motor starten. Gurt. Seitenspiegel. Rückspiegel. Gang einlegen. Kupplung. Anfahren. Gas. Beschleunigen. Die Straßen leer. Die Stadt verlassen. An ihren Rand. Lichter da und dort hinter den Vorhängen. In der Nacht sind alle Katzen grau. In der Nacht ist tiefster Friede und größte Sorge. Ein Virus. Genaueres morgen. Krankenhausvirus. Resistent. In Zeitungen davon gelesen. Die billige Wohnungstür, wie leicht könnte man sie aufbrechen.

Reden würde helfen. Aber. Das Bett ungemacht, Pyjama am Boden. Altmännerpyjama. Dabei war er früher sportlich. Handballer. Schwimmer. Eitel. Parkbadgeher. Schwarze Haare. Bartstoppeln. Eisenbürste. Die dicken Fingernägel hast du von mir. Lachte. Zigarette aus der Packung gefingert. Hunger. Tee aufstellen. Handy eingeschaltet lassen. Akku aufladen. Im Kühlschrank eine Gurke, Wurst, Streichkäse. Brotdose leer. Im Küchenregal ein Stapel Fischdosen: Thunfisch und Makrelen. Schokolade.

Zu hoffen, dass er den Kampf annimmt. Dass er sich nicht aufgibt. Beten? Gast. Nur Gast auf Erden. Asche. Staub. Zu Staub. Wasser. Kalk. Fleisch. Sehnenmaterial. Vom Schmerz am Leben gehalten. Immer schon. Vom Leben abgehalten. Fest gehalten. Der Schmerz, der ihm die Widerstände und Hürden aufbaut, über die er springt, stürzt, kriecht. Und trotzdem: Einer, der fest im Leben steht. Auf beiden Füßen. Der sich im Leben hält. Und nichts in den Schoß gefallen. Aus der Tschechoslowakei raus mit zwölf. Der Vater von den Tschechen niedergeschossen. Halbwaise. Die Mutter allein geblieben. Zeitlebens. Niemals wieder nach Tschechien. Eine Postkarte aus Krumau hab ich ihm geschickt vor Jahren. Mit der Mutter nach Freistadt im Mühlviertel. Mit 14 in die Fabrik. Die beiden Tauben. Draußen vor dem Fenster. Schwer auszunehmen im Dunkel. Liebkosungen. Autoscheinwerfer. Die Lichter horizontal. Fliehende Pferde. Wie er manchmal schimpfte auf Tschechisch. Sich ärgerte, wenn Nachrichtensprecher tschechische Namen falsch aussprachen. Wo der Rotz nur her kommt, der viele Rotz seit Tagen. Druck in den Stirnhöhlen. Dumpf drückt der Rotz. Den Vater nicht anstecken. Tödlich. Ein Schnupfen in seiner Situation.

Die Widersprüche. Die ich als Kind nicht wahrnahm. Die einfach da waren. Mit denen man aufwächst. Das Katholische von seiner Mutter. Das Kommunistische von den Onkeln. Der abwesende, der ideale Vater. Als Sudetendeutscher in Österreich. Dass er Steireranzug trug. Hut. Als Arbeiter. In der VÖEST am Hochofen. „Mein Deutschsein lass ich mir nicht wegnehmen von den Freiheitlichen." Die Sehnsucht nach dem böhmischen Dorf. Nach dem Haus. Dem Garten. Der kleinen Scheune. Keine Fotos. Aber eine Ansichtskarte des Dorfs noch aus Zeiten der Monarchie. Das Elternhaus stecknadelgroß. Wutanfälle, wenn jemand ihn auf seinen Akzent ansprach. In der VÖEST ein Außenseiter. Übervater Ruhaltinger. Komm doch zu uns! Rüber zu uns! Und 68 in Prag? Das verteidigst du? Russenfreund! Die Tschechen, die dich rausgeschmissen haben! Und die Russen, was sie hier angerichtet haben. Die Frauen. Die Maschinen. Die Kriegsgefangenen. So einfach ist das nicht. Glatt und verkehrt. Einmal drüber. Dickkopf! Ignorant! Immer das Gegenteil. Schau, wo du bleibst. Die Mühlviertler Bauern, angekarrt mit Werksbussen. Die Fahrt verschlafen. Abends die Stallarbeit. Melken. Stallräumen. Futter mähen. Heu machen. Milch liefern. Ausgeschunden. Und brav das Kreuz bei der Volkspartei. Die wenigen wirklichen Genossen. Die Derbys zwischen VÖEST und LASK auf der Gugl. 1974 österreichischer Meister. Und ich mit 15 auch in der VÖEST. Familienerbe. Schicksal. Stolz ist er auf mich. Die Arbeiterfamilie. Wissen, wo man her kommt. Was man ist. Maschinenschlosser. Lehrwerkstätte. Die Mutter schmiert die Jausenbrote. Tee in der Thermoskanne. Oder koffeinfreien Kaffee. Mit dem Fahrrad, dann mit dem Moped in die Arbeit. Puch Maxi. Lehrabschlussprüfung. Verstaatlichtenkrise. Entlassungen. Auf die Abendschule. Wahrscheinlichkeits- und Integralrechnungen, Geschäftsbriefe auf Englisch, griechische Antike, Geologie Österreichs, Aufsätze über Waldsterben und Patriotismus, Referate über Augustinus, Richard Wagner und Dürrenmatt. Abends und samstags im Kaffeehaus die Hausübungen. Englisch auf Kassetten. Dann auf die Sozialakademie. Suchthilfe. Notschlafstelle. Wie er meinen Beruf dann doch akzeptierte. Wie deprimiert er war, als die *Neue Zeit* eingestellt wurde.

Das Sofa von der Wand weg schieben. Zu den Fenstern hin. Zu müde für eine Dusche. Die Schuhe auf den Boden. Decke. Ausstrecken. Zum Fenster raus. Rotes Licht. Der Lärm von der Straße, anschwellend, sich verflüchtigend, im Wellengang. Halb zwölf. Anne, Simon, Vater. Dumpfer die Wahrnehmung. Das Ticken der Wanduhr. Zur Reglosigkeit hin. Als Haider auftrat Ende der 1980er Jahre. Strahlend. Böser Wolf.

Rotkäppchen. Robin Hood. Bodyguards. Glatzen. Als die roten Arbeiter massenweise zu den Blauen überliefen. Vater und ich im Arbeitsoverall. Trillerpfeifen. Störaktion. Als Haider auf die Bühne trat. Zu fünft waren wir. Die Umstehenden, wie sie uns bedrängten. Schrien. Drohend auf uns zeigten. Kopfschütteln. Die Nachbarinnen aus dem Wohnblock Erlösung im Hass fanden. Wir grüßten sie nicht mehr. Die Deutschnationalen. Heute. Morgen. Ausgrenzung. Das Boot ist voll. Und so fort. Schlagzeilen, Titelblätter. Die Dämonisierung. Die Ausgrenzung, die ihn nur stärker machte und unwiderstehlicher. Der böse Wolf, der Kreide frisst. Kärnten. Goisern. Sein diabolisches Lächeln. Bilder, die stehen. Und kurz darauf der Fall der Berliner Mauer. 23:48. Keine Nachricht auf dem Handy. Noch lüften? Die unansehnliche Mode der späten 1980er Jahre. Bundfaltenjeans. Dauerwelle. Neonfarben. Der Eiserne Vorhang. Mock und Gyula Horn mit Bolzenschneidern. Deutschland mit einem Elfmeter in Rom. Und die Grenze zur Tschechoslowakei offen. Ich mit Freunden nach Budweis. Keine Erzählungen wollte er hören. Der Mutter ging es schon schlecht. Wie er Vranitzky vertraute. Obwohl er ein Banker war. Und ihn wählte. Nur Mutter verstand ihn. Auch aus Flüchtlingsfamilie. Siebenbürgen. Ich dazwischen. Mittendrin. Nach links und rechts gedreht auf dem Sofa. Wie das alles zusammenging. Der Katechismus. Die Bibel. Marx. Österreich. Böhmen. Siebenbürgen. Deutsch. Das Dorf. Linz. Die Bücher. Der Hochofen. Das ging nicht zusammen. Die Apparate. Die Schläuche, die ihn versorgen. Heute stirbst du nicht, Vater, heute ist nicht der Tag dafür!

Weiter, immer weiter

Dann gingen plötzlich der Fernseher und das Licht aus, es wurde still in der Wohnung und finster, nur ein kleiner heller Punkt war auf dem Fernseher zu sehen, der sich langsam verflüchtigte und schließlich verschwand. Aus und rabenschwarz. Zu Hause wäre mein Vater jetzt in die Küche getastet, hätte die Kerzen und die daneben platzierten Streichhölzer aus dem kleinen Schrank neben dem Herd geholt.

Ich geriet kurz in Panik, blieb aber starr auf dem Bett sitzen, ratlos. Die Wohnung lag pechschwarz vor mir. Nach einiger Zeit stand ich auf, ich tat es widerwillig, unwillig, tastete mich vorsichtig durch das Dunkel, kein Strom in Küche und Bad. Langsam durch das schwarze Nichts, weil die Wohnung nicht wie angegossen saß. Noch immer fremd, obwohl ich sie schon seit drei Monaten bewohnte, drei lange Monate Zeit gehabt hatte, mich an sie zu gewöhnen. Dass der Umzug ein Fehler war, dieser Gedanke steht fest neben mir.

Es war eine Art von Verschwinden. Weg, nur weg, weil alles festsaß und nichts mehr ging. Darum in

Brüssel, in Europas Hauptstadt, aber auch hier komme ich nicht voran. Zähe Masse, die auf meinen Brustkorb drückt. Mein Studium habe ich mit Auszeichnung absolviert. Ich spreche drei Fremdsprachen, meine Konkurrenten vier oder mehr. Die Idee, es hier zu versuchen, war verlockend und befreiend. Aber es tut sich nichts, ich sitze gelangweilt im Hafen und warte auf ein Schiff.

„Weiter, immer weiter! Nie aufgeben!“ Das hat Oliver Kahn in die Reportermikrofone geschrien, als Bayern München im letzten Spiel der Saison 2001, in der vierten Minute der Nachspielzeit durch ein Freistoßtor von Andersson die Meisterschaft gewann. Ich hasse Oliver Kahn, aber diese Sätze vergesse ich nicht. Ich versuche sie auf mich zu übertragen. „Weiter, immer weiter!“, sage ich mir vor, wenn ich denke, dass alles umsonst war, ich ein Versager bin und die Welt mich anschaut, als hätte ich Krätze im Gesicht. Ich bin schon über dreißig. Ich sollte eine fixe Arbeit haben, eine Frau und Kinder.

In der Küche angelangt blickte ich durch das Fenster raus auf die leere Tankstelle, die in der Nacht grellrot beleuchtet ist. Dieser Blick ist mir Trost. Oft schaue ich auf die Tankstelle, um mich meiner Existenz zu vergewissern: wo eine Tankstelle, da Bewegung. Ich habe schon viele Tankstellen fotografiert. Aber was machen mit den Bildern? Der Benzingeruch in der Wohnung stört mich nicht, er würde mir fehlen, ich denke, ich bin mittlerweile süchtig danach geworden.

Oft sitze ich in der Küche am Tisch, rauche eine Zigarette nach der anderen, spiele mit der Zigarettenpackung und dem Aschenbecher, falle in ein dunkles Loch, aus dem ich erst nach Stunden aufwache, wenn ich die letzte Zigarette aus der Packung fingere.

Als der Fernseher ausging, musste es knapp vor zehn gewesen sein. Eben war noch Fußball gelaufen, ich hatte nicht aufgepasst, sondern versucht, in der Zeitung zu lesen, aber zu viele Wörter waren fremd, der Sinn der Sätze auch mit Hilfe des Wörterbuchs nicht zu entschlüsseln. Jeden Tag mache ich eifrig und beflissen meine Französischübungen, schreibe ins Vokabelheft, präge mir unbekannte Wörter und Grammatikregeln ein.

Draußen war kein Licht zu sehen, alles finster. Ich tappte weiter zur Haustür, achtete fast panisch darauf, mich nicht rauszusperren. Auch die anderen Hausparteien hatten kein Licht. Oder sie schliefen schon. Alte Leute gehen früh zu Bett. Im Haus wohnen viele Pensionisten, dazu ein Arbeitsloser, der sich pünktlich um zehn Uhr vormittags in seine Garage setzt und Bier zu trinken beginnt. Nachmittags, wenn er betrunken ist, so zwischen drei und halb vier, legt er sich in seinen alten Renault und schläft. Außerdem wohnt im Haus ein Behinderter, der morgens um acht von einem Bus abgeholt wird. Selbst der hat seinen festen Platz in der Gesellschaft. Über mir wohnt eine freundliche bosnische Familie, daneben ein Tunesier, ein Pensionist, der sich als Zeitungszusteller etwas dazuverdient. Ein brutal wirkender Mensch, der mich noch nie gegrüßt hat und beim Mopedfahren immer einen offenen roten Helm trägt. Er schlägt seine Frau. Sie wirkt verstört und ängstlich, macht kurze Schritte, wenn sie einkaufen geht. Der Bosnier arbeitet in einer Fabrik. Die anderen Hausbewohner tun dies und das, eine geregelte Arbeit haben sie nicht. Auch ich arbeite nicht. Das Praktikum, wegen dem ich nach Brüssel gekommen bin, war nach sechs Wochen um. Man war zufrieden mit mir. Verdient habe ich nichts. Jetzt macht ein neuer Praktikant meine Arbeit. Der wird sie noch eine Woche machen, dann kommt der nächste Praktikant. Der auch unbezahlt arbeiten wird. Und so geht das weiter. Ich habe fünf, sechs Praktika gemacht während meiner Studienzeit und drei nach Studienabschluss. Ich bin hochqualifiziert. Bezahlte Arbeit finde ich keine. Warum sollen die Unternehmen jemanden bezahlen, wenn es genug Leute gibt, die bereit sind, ohne Lohn zu arbeiten? Wie mir geht es vielen jungen Akademikern. Aber das ist kein Trost. Die Arbeitslosenrate ist hoch. Erst die Belgier, dann die Ausländer. Das sind die Verhältnisse, an denen nicht zu rütteln ist. Vorerst jeden Tag drei Stunden Französischkurs von neun bis zwölf. Dann gehe ich nach Hause, versuche zu essen, ich habe wenig Appetit. Allein essen schmerzt, die hoch kommende Einsamkeit stemmt sich gegen das Runterschlucken.

Brüssel verstehe ich nicht, wie ich auch Belgien nicht verstehe. Das Land stellt sich gegen jede Logik, gegen jede Eleganz, das Essen ist schlecht, die Städte sind schäbig wie auch ihre Einwohner schäbig angezogen sind und sich weigern, eine Nation zu sein. Die Landschaft flach und grau, einzig die Radsportversessenheit ist mir sympathisch. War ich nicht auch glücklich wie die anderen, früher einmal? Und jetzt taub gemacht von all dem Negativen.

Heute beim Mittagessen wurde mir schmerzhaft bewusst, dass in den drei Monaten, die ich nun hier bin, in meiner Wohnung keine zehn, zwölf Worte gesprochen worden sind. Niemand hat mich besucht und ich führe keine Selbstgespräche. Vor einer Woche hatte es an der Tür geklopft, ich öffnete aufgeregt, zwei freundliche Feuerwehrmänner standen vor der Tür und baten um eine Spende. Zehn, zwölf Worte. Stumme Wohnung, stummes Leben. Ich gab ihnen fünf Euro und erhielt dafür einen Kalender, der nun in der Küche hängt. Zwei Minuten lang fühlte ich mich als Teil Belgiens, weil zu den Unterstützern der belgischen Feuerwehr gehörend, aber es waren zwei erkaufte Minuten.

Ich habe keine Freunde hier. Die anderen Kursteilnehmer sind jünger als ich. Unbeschwert sind sie, vormittags im Kurs, nachmittags treffen sie sich in den Cafés, abends gehen sie aus. Die Eltern bezahlen ihnen Kurs und Aufenthalt. Für sie ist der Sprachkurs Urlaub. Ich dagegen kann nicht mithalten. Ich bin ein Nichts. Gegen die Wand knallen. Jemanden abknallen. Mich abknallen.

Ich ging zum Auto, wo ich für Notfälle eine Taschenlampe im Handschuhfach aufbewahre. Ich schaltete sie ein, ein schwaches Licht, dann waren die Batterien leer. Ich ging durch die Stadt und die Nacht. Die Ampeln funktionierten nicht mehr. Stille, die ab und zu von ein paar Autos gestört wurde, die mit ihren starken Scheinwerfern die Straßen ausleuchteten. Gespenstisch, aber auch tröstend. Vereinzelt bemerkte ich Kerzenschein durch die Fenster. Offenbar war das ganze Stadtviertel ohne Strom. Sanfter Regen setzte ein.

Man kann nicht immer so tun, als gäbe es nichts zu verlieren, als könnte man einfach an einen bestimmten Punkt in der Vergangenheit zurück und neu beginnen. Das geht nicht. Ich habe schon zu viel Zeit verloren. Wie man zum Sozialfall wird, das kann ich an mir studieren. Oft stehe ich vor den Luxusrestaurants der Stadt und beobachte die Politiker und Lobbyisten, die sich ihre Wänste mit obszön teurem Essen voll schlagen.

Am frühen Abend, es war schon dunkel, bemerkte ich einen Menschenauflauf vor dem Nachbarhaus. Ein Feuerwehrauto, ein Rettungswagen und zwanzig, dreißig Menschen, darunter die junge Nachbarin, die mich noch nie gegrüßt hat. Sie ist mit einem zwanzig Jahre älteren Mann, dem einige Zähne fehlen, zusammen und hat zwei kleine Kinder. Grinsend stand sie in der Menge. Um sie viele Türken in alten Anzügen, schwarz, grau, abgetragen. Sprach- und ratlos standen sie dort.

Im Hof erzählte mir dann der Nachbar, der von allen „Polizist“ genannt wird, weil er kontrolliert, ob jeder korrekt den Müll trennt und sein Auto richtig parkt, dass sich die dicke Türkenmama von nebenan aufgehängt hat und eben vom Strick geschnitten worden sei. „Türkenmama“ hat er gesagt. Er spricht als Einziger ein wenig Deutsch, weil er während des Kriegs im Elsass aufgewachsen ist. Auf meine Frage, warum sie sich erhängt hat, zuckte er bloß mit den Schultern und ging.

Mein Französisch ist nach wie vor schlecht, die Fortschritte sind mager. Ich mache kaum einmal den Mund auf und wenn, dann reiht sich Fehler an Fehler. Ich lächle freundlich, wenn mich jemand anspricht. Ich gehe häufig spazieren, schaue mir die Häuser, die Menschen an. Oft bin ich den ganzen Nachmittag unterwegs. Gehen befreit. Leider wird es früh dunkel. Abends gehe ich früh ins Bett, schlafe lange, elf, zwölf Stunden, ziehe mich unter meine zwei Decken zurück. Am Telefon erzähle ich natürlich nicht, dass ich einsam und frustriert bin und wie in Wien vor verschlossenen Türen stehe. Ich erfinde Namen, Begebenheiten, Geschichten. Ich lüge ihnen etwas vor. Dass die einfachsten Dinge zum Problem werden, sage ich nicht.

Als ich wieder in der Wohnung war, gab es noch immer keinen Strom. Ich putzte mir im Dunkeln die Zähne, trank einen Schluck Wasser, zog mich aus und schlüpfte unter die Decken. Es war kalt in der

Wohnung, weil die Stromradiatoren nicht funktionierten.

Die Sekretärinnen in den Arbeitsvermittlungsbüros, wo ich gegen Gebühr mühsam erstellte Lebensläufe hinterließ, waren freundlich. Hoffnung gebe es immer, sagten sie und lächelten. Aber ihnen war genauso klar wie mir, dass es mit einer Arbeit nicht klappen würde.

Auf die Postkarten schreibe ich Sätze wie: „Ich entdecke jeden Tag Neues. Ich genieße den belgischen Herbst. Brüssel ist wunderbar. Ich lebe hier in Belgien wie Gott in Frankreich." So oder ähnlich klingen meine verlogenen Sätze, die mit meinem Dasein nicht das Geringste gemein haben. Das Geld ist knapp, ich kaufe im Billigdiskonter ein, stecke Möhren aus Deutschland, Äpfel aus Südtirol, Butter aus Dänemark und Käse aus Holland in meine Einkaufstasche, weil die am billigsten sind. Oft gibt es Eintopf oder Kartoffelsuppe. Ich schäme mich, nicht zurechtzukommen, schäme mich, frustriert zu sein.

Die Wohnung ist billig. Sie ist klein und dunkel. Es zieht. Es gibt keinen Winkel in der Wohnung, in den ich mich zurückziehen könnte. Die Fensterläden schließe ich schon weit vor Einbruch der Dunkelheit, um die Zugluft zu mindern.

Vielleicht sollte ich Schluss machen bevor es zu spät ist, wirklich zu spät. Heimfahren, wieder alles ändern, mein Leben umkrempeln, Neustart, wieder einmal. Eine Leere ist zu füllen. Hier ist das Nichts.

Morgens um vier schreckte ich aus dem Schlaf,

weil plötzlich Licht und Fernseher wieder angingen. Ich stand müde auf, schaltete sie ab, legte mich wieder ins Bett. Kurz vor fünf war ich noch immer nicht eingeschlafen, lag mit müdem und schmerzendem Kopf wach. Ich sah Ampeln vor mir, die rot blinkten. Um halb sechs stand ich auf, setzte mich zum Küchentisch, riss einige Zettel vom Notizblock und schrieb diese Zeilen nieder, für dich, für mich, für wen auch immer. Dann graute schon der Morgen. Ein neuer Tag.

Er

Eine Krähe flog auf, krächzte, ein Kind kletterte geschickt auf den Birnbaum, riss sich die Knie auf, es schaute in die Sonne, eine Katze schlich ums Tor, der Bauer, er schrie, zum Bersten gereizt, ein Vogel sang, sicherlich, er wird sich halten können, er wird sich halten können, die Mutter trinkt ein Glas Milch, teilnahmslos, wischt sich den Mund ab, grob, eine Heimat immer, hier auf Erden, er verliert den Verstand, der Bruder, steht im Stall und schreit gegen die Wände, die weiß gekalkten, die festen, gemauert mit selbst gebrannten Ziegeln, so um 1830, wo flog die Krähe hin, das Kind bemerkte es nicht, es war in Gedanken, auf den Gummistiefeln des Vaters Spuren vom Mist aus dem Saustall, der Schweinepreis im freien Fall, der feste Vorsatz, anders zu werden, damals war man fest gefügt, man hatte die Bäume zum Reden und den Hund zum Laufen, man war verwundbar und wusste es nicht, plötzlich fällt es ab von einem oder man fällt ab, das ist schwer zu erkennen und nicht zu erklären, es will nicht gefasst werden wie die scheue graugescheckte Katze, die alle sieben Tage sich nur blicken lässt, der Most wird nicht mehr gepresst, die Birnen verfaulen, sag, könntest du es besser, könntest du?, in der Rahmsuppe löffeln, der Bruder auf seinen Wegen, eine zärtliche Hand täte ihm gut, er hat sie nicht gespürt, hat sie nicht gesucht, die Enten, sie sind nicht mehr im Teich, die Bienenstöcke ausgeräuchert, das Kind, das zitternde, saß im Birnbaum, es verstand nicht, aber es spürte und sagte: „Ich bin bei euch alle Tage bis zum Ende der Welt." Die Taschenuhr des Vaters im Nachtkästchen, sie tickte nicht, weil niemand sie aufgezogen hatte.

Donnerstagmorgen: Abschied
Lisa und Gabriel schliefen, er hatte sich gestern beim Abendessen schon von ihnen verabschiedet, wollte sie so früh am Morgen nicht wecken. Er hatte Pizza geholt und eine Flasche Merlot aus dem Friaul gekauft. Es war ein kurzer und recht nüchterner Abschied gewesen, es hatte in der WG immer wieder Unstimmigkeiten gegeben. Kein Schwelgen in gemeinsamen Erinnerungen. Um neun waren die beiden zu einer Party aufgebrochen. Er hatte abgewaschen, die Pizzakartons zum Altpapier geräumt, die Pixies aufgelegt, seine Hamburger Adresse und Telefonnummer auf einen Zettel notiert und ein „Seid immer willkommen!" darunter gesetzt. Dann hatte er im Wohnzimmer *Wolfszeit* in den DVD-Player geschoben. In der Nacht war er mehrmals aufgewacht, froh, als um sechs endlich der Wecker läutete. Er duschte, putzte sich die Zähne, räumte Zahnbürste, Duschgel,

Haarshampoo und Deo in seinen Waschbeutel. Um 6:24 war er reisefertig. Als er die Wohnungstür aufschloss, ging die Tür von Lisas Zimmer auf. „Machs gut!", murmelte sie heiser.

Donnerstagmittag: beim Bruder in der Stube
Dass sich der verlorene Sohn auch wieder einmal blicken lasse!

Es sei ja auch Zeit geworden, dass ich mein Studium einmal fertig gebracht hätte. Wie viele Jahre seien es denn gewesen? Neun? Zehn? Elf? Doch nur acht? Na, ich hätte ja ein Jahr gewonnen wegen meiner Untauglichkeit. Er sei jedenfalls kein Drückeberger gewesen. Acht Jahre für den Magister! Und, wie gehe es in der Bank? Dass die einen wie mich überhaupt aufgenommen hätten. Der acht Jahre für sein Studium gebraucht habe. Aber wahrscheinlich hätten meine Kollegen ja auch ein bisschen länger fürs Studium gebraucht. Oder sie hätten es gar nicht abgeschlossen. Man sehe ja, wohin das geführt habe. In die größte Finanzkrise seit den 1930er Jahren.

Ich solle ihn mit meinen gescheiten Erklärungen in Ruhe lassen. Uns Bankern sei es ja egal. Wir bekämen trotzdem unsere Boni. Aber sein Kredit werde teurer. Und seine Aktien seien im Keller.

Vor einem Jahr habe er die Aktien gekauft. Ein Infoabend sei beim Wirt organisiert worden. Einer von der Bank und ein Journalist hätten über Aktien und Fonds gesprochen. Und dann habe er auch investiert. Man könne ja von zu Hause aus am Computer alles regeln. Als die Kurse gefallen seien, habe er gedacht, das werde nur kurz dauern und habe sogar noch welche zugekauft. Verkaufen habe er nicht wollen, wer verkaufe, realisiere seine Verluste, habe man auf der Bank zu ihm gesagt. Aber dass die Kurse so tief, ins Bodenlose, fallen würden, habe er nicht gedacht. Draufzahlen würden ja die Kleinen, das sei immer so, nicht wahr. Die Kleinen würden um Grund und Boden gebracht. Immer auf die Kleinen. Gewissenlos seien die Banker, Verbrecher, schlimmer als die Juden seien sie.

Auf seinem Hof sage er, was er wolle. Ich hätte ihm überhaupt nichts zu sagen und vorzuschreiben.

Die Broschüre könne ich ruhig ansehen, er verstecke nichts. Aber das gehe mich nichts an. Er wähle, wen er wolle. Ich hätte doch überhaupt keine Ahnung. Keine Ahnung. Wie es den Leuten konkret gehe, interessiere mich doch nicht. Ich säße mit meinen linksliberalen Freunden in den Kaffeehäusern und diskutiere und rede groß. Die konkreten Probleme würde ich nicht verstehen. Ich sähe sie nicht. Die konkrete Situation. Die Existenzangst der kleinen Gewerbetreibenden. Der Bauern. Im Lagerhaus würden schon Ausländer arbeiten. Auch in der Mühle. Mir würden sie nichts wegnehmen, die Ausländer. Aber er, er schaue durch die Finger. Er habe neben der Landwirtschaft Gartenpflege gemacht in den letzten Jahren. Rasen mähen. Bäume schneiden. Jetzt mache ein Slowake seine Arbeit. Ob ich wüsste, wie viel der Slowake verlange? Fünf Euro in der Stunde! Fünf Euro! Wie man denn von fünf Euro in der Stunde leben solle? Wie man davon ein Bauernhaus erhalten solle? Fünf Euro. Das sei konkret, ob ich das verstehen könne? Das sei bei Gott nicht schwer zu verstehen. In den gut geheizten Bankbüros würden keine Slowaken sitzen, die für fünf Euro in der Stunde arbeiten würden. Den täglichen Kampf ums Überleben würde ich nicht kennen, ich hätte doch leicht reden. In der Volksschule gebe es Probleme mit den türkischen Buben, die keinen Respekt vor den Lehrerinnen hätten. Und die Erntehelfer aus der Ukraine! Früher seien die Polen gekommen, die hätten noch halbwegs gearbeitet. Die Ukrainer könne man vergessen, keine Arbeitsmoral. Ob ich erklären könne, warum es im Sommer, in der Erntezeit, so viele Hauseinbrüche gebe? Er jedenfalls könne eins und eins zusammenzählen. Zu viele Ausländer täten einem Volk nicht gut, das sei eine Tatsache, die ebenfalls nicht schwer zu verstehen sei. Die Mischung der Völker habe immer zu Kriegen geführt. Das funktioniere einfach nicht. Entweder anpassen oder raus. Sonst gäbe es nur Probleme. Die Monarchie sei ja auch zerbrochen. Und Jugoslawien. Die Probleme in Belgien. Und wenn das Schweizer Bankgeheimnis fallen würde, würde das Land in nullkommanix auseinanderbrechen.

Die Freiheitlichen würden aussprechen, was die Kleinen denken. Die FPÖ sei eine ehrenwerte Partei. Um nichts schlechter als die andern, die doch nur damit beschäftigt seien, sich Posten zuzuschieben. Teuerungsstopp statt Preisgalopp! Einkommen statt Auskommen! Heimatland braucht Mittelstand! Bürger befragen statt drüberfahren! Was denn an diesen Forderungen anstößig sei? Ob das etwa radikale Forderungen seien?

Die Volkspartei? Als ob die einen Finger für die Kleinbauern rühren würde! Ich hätte ja keine Ahnung von der Landwirtschaft. Ich hätte mich doch immer vor der Arbeit gedrückt. Mir habe man doch nie etwas anschaffen können. Er habe doch die ganze Arbeit immer alleine machen müssen. Er habe sich schinden müssen und jetzt, mit 42, einen kaputten Rücken. Ob ich wisse, wie viel ein Mähdrescher koste? Ein Traktor? Astronomisch sei das, astronomisch.

Die Mastschweine habe er verkauft. Es trage nichts mehr. Man schufte bis zum Umfallen für nichts und wieder nichts. Jeden Tag zweimal in den Stall, das habe ihm schon die längste Zeit gereicht. Die Ställe habe er ausgeräumt und neu ausgemalt. Er werde sie vermieten. Als Garage oder Lager. Von ihm aus könne sich auch jemand eine Werkstatt einrichten, das sei ihm egal. Das wäre sicheres Geld und er hätte nichts zu tun.

Nach Hamburg gehen? Ob ich noch bei Trost sei? In einer Spedition im Hafen arbeiten? Was das wieder für eine Idee sei? Bei den Deutschen arbeiten? Ob ich nichts Besseres gefunden hätte? Ob ich mir zu gut wäre, in Österreich zu arbeiten? Na, er gebe mir drei Monate, dann würde ich zurück sein, ich bräuchte aber nicht denken, dass ich dann bei ihm unterkriechen könne, ich müsse jetzt, wo der Vater nicht mehr sei, alleine für mich sorgen, er habe genug Probleme, finanziell stehe ihm das Wasser bis zum Hals.

Donnerstagnachmittag: beim Begräbnis
Er stand gerade. Trug Wintermantel. Fror. Der Himmel matschbraun. Er wartete vor der Kirche. Mein Beileid. Herzliches Beileid. Mein aufrichtiges Beileid. Er lächelte, dezent und gefasst. Er stand neben dem Bruder. Der Bruder schwankte. Der Bruder konnte nicht still stehen, Fuß nach vor, links, rechts, vor, zurück, ein merkliches Schwanken. Der Bruder hatte getrunken, Marillenschnaps. Man roch es. Die Luft war feuchtkalt. Die Sonne hatte sich am Morgen trotzköpfig kurz gezeigt. Man stand vor der Kirche und fror und wartete auf den Beginn der Totenmesse. Manches ging ihm durch den Kopf, ohne Struktur:

Das Wort Schießbudenfigur, das er gestern gesagt hatte zu Bernhard. Schießbudenfigur, abgeknallt, voll aber. Dass die Musik, die er mit Bernhard gemacht hatte, einer kaputt machenden Mechanik gehorcht habe, ohne Sinn. Dass in ihr nichts Feines, Leichtes, nichts schwerelos Ausgeklügeltes gewesen war.

Er sah den Bierteufel wieder, den Tablettenteufel, den Koksteufel. Wie er seine Hand legte auf den und jenen, auf Liebgewonnene und sie fortzog. Wie ihn der Tablettenteufel auch umarmt hatte, mit ihm durch die Nächte getanzt war und ihn später in Straßengräben gestoßen hatte, in voll gekotzte Toiletten, in kalte U-Bahn-Waggons und zu Hause, in der Wohnung, im grauen Licht der Frühe zu Boden gehen ließ.

Er hatte getanzt, gesungen, ein Leben gelebt, das der Vorstellung eines Musikerlebens hätte entsprechen sollen, er hatte klischierten Abziehbildern nachgeeifert, man eifert und irrt.

Er nimmt den Scheiß nimmer mehr. Süchtig bleibt man: Der Teufel kocht sein Süppchen tief innen drinnen weiter und irgendwann kocht man über. Es ist eine Frage der Zeit.

Man lebte im Rauch, im Rausch. Man nüchterte aus. Und es fing wieder an. Man hatte Kondition. Was man alles aushielt.

Man geriet an Mädchen, es waren nicht die richtigen.

Man griff nach den Sternen, das war das Schöne.

Man wollte frei sein, man tat, was man wollte und merkte nicht, dass man ein Pferdchen war, an ein Karussell geschraubt und stummdämlichlächelnd im Kreis sich drehte auf Knopfdruck.

Die Souveränität des Ich, das sich herauszubilden begann während der ersten Studienjahre, der Schmerz um den Verlust des Heimatlichen, den man lange nicht erkannte, der einen zum Alkohol greifen und auf Partys gehen ließ bis in den Morgen. Der Weg zurück auf schmalen Schotterstraßen verwehrt.

Die Leiber der Rinder, die im großen Feuer verbrennen müssen. Der Junge, dem der Vater erschossen wurde, wie er sich wehrt, als die Mutter fortgeht. Wie er seinen Vogel einzufangen versucht. Wie er plötzlich Nasenbluten bekommt und die Schwester ihn nervös zu beruhigen versucht.

Er war am Tisch gesessen, Bernhard war gegangen ohne sich umzudrehen, er hatte auf die beiden halb leeren Biergläser geblickt und mit den Fingern auf den Tisch geklopft wie er auch jetzt einen Rhythmus im Kopf hatte, eine Basslinie, auf Frequenz getrimmt.

Er erwartete nichts, stand in der Kälte und ließ die Trauerfeierlichkeiten ihren Lauf gehen. Staunte nicht, trauerte nicht. Tat, wie alle taten und grüßte anständig. Grundnachbarn. Jägerschaft. Bauernbund. Kameradschaft.

Er dachte an die Sommer in London, als das Leben dort noch leistbar gewesen war, an die vielen Konzerte, die er besucht und die Fußballspiele, die er gesehen hatte, die Spurs, die Queens Park Rangers, an den Cider, den er mit Billie getrunken hatte, die damals auch auf Punk war und unsagbar schön.

Er dachte, dass ihm der Hof noch niemals so fremd vorgekommen war, so verwahrlost. Dem Bruder fehlten eine Frau, Kinder. Der Bruder kommt mit dem Alleinesein nicht zurecht, er sieht sich nicht mehr darüber heraus und wird im Suff enden.

Später dann schaute er auf die vier alten Männer in schweren schwarzen Schuhen, Kappen auf den Köpfen und in grauen Gummimänteln steckend, sie passten ihnen nicht, wie sie den Sarg in die Grube sinken ließen, der Nachbar war auch dabei, ein pensionierter Straßenkehrer, wie sie das Seil langsam durch ihre schwieligen Hände gleiten ließen, wie sie dann einer nach dem anderen von dem Bretterverschlag, den der Totengräber über dem Grabaushub errichtet hatte, herunterstiegen, er hatte Angst, dass einer der vier, stämmig zwar, aber alte, steife Körper, herunterstürzen, mit dem Kopf gegen die steinerne Grabfassung stoßen und sich eine tödliche Verletzung zuziehen könnte.

Er roch nichts, als er ein Schäuflein Erde und eine Rose in die Tiefe warf, es war zu kalt, aber er dachte an Bärlauch, Holunder, Wacholder, an Zimt, Pilze, Heidelbeeren, die Erde war lehmig.

Wenn sich die Fasern der Wirklichkeit doch kämmen und trimmen ließen, in die einzigmögliche Richtung.

Das Energiefeld der Erde, das durch die Totengrube zerstört war.

Beim Essen im Wirtshaus dann, ein Eisregen hatte zuvor eingesetzt, die großen, mit Anis bestreuten Kaisersemmeln zur Nudelsuppe, wurde ihm von der Großtante erzählt, dass ihr Mann und ein Freund in den 1950er Jahren das Grab ihres Vaters eigenhändig geschaufelt hätten, weil kein Geld da gewesen sei.

Abends bemerkte er Lehmspuren auf dem Mantel.

Freitagfrüh: im Nachtzug nach Paris
Wenn er den Literaturpreis nicht gewonnen hätte, mit 19, was wäre dann passiert? Wenn die Juroren sich nicht für seine Gedichte entschieden hätten, sondern für die der Salzburgerin, die sich, so hatte er vor einem Jahr in der Zeitung lesen müssen, umgebracht hatte? Was, wenn Bernhard ihm damals nicht gesagt hätte, dass seine Gedichte als Songtexte taugen würden? Was, wenn er nicht gefragt worden wäre, ob er bei Pink Punch einsteigen wolle? Was wäre aus ihm geworden? Was wäre ihm erspart geblieben? Was, wenn er seine Erzählung, die „Sexgeschichte", wie sie im Dorf bald genannt wurde, nicht in der Regionalzeitung veröffentlicht hätte? Die doch den eigentlichen Bruch markiert hatte mit dem Bisherigen? Was, wenn er mit Billie zusammengeblieben wäre? Was, wenn er nicht auf die Kunst, die Musik gesetzt hätte? Wenn er sein BWL-Studium durchgezogen hätte?

Er schielte zum Fenster hinaus, der Schaffner am Bahndamm, mit einem Zweiten im Gespräch, er konnte nicht schlafen, halb fünf Uhr früh war es, in zwei Stunden würde er in Straßburg ankommen, dann den TGV nach Paris nehmen. Der Andere gegenüber schlief ruhig.

Was, wenn er mit Billie zusammengeblieben wäre?

Freitagmittag: Paris
Durch die Vorstädte, die Vororte, la banlieue, hässlich, überformt, ein Wildwuchs an Stein und Beton, der

sich nicht schämte. Nackte Fassaden, ein Wirrwarr an Stilen und Formen. Tierarten, getrennt, geschieden, katalogisiert. Die Straßen ohne Ordnung, aber mit einem Namen versehen, Häuser, aufgestockt und erweitert, Nischen, Spalten, begrenzter Raum. Überall Begrenzungen, Zäune, Trennlinien, denen Barmherzigkeit fremd sein musste, Raum, nach außen gestülpt, Öffentliches und Privates nach Maximum ringend, Niedergang und Aufstieg, sie gingen durch die Geschichte, durchwirkt von Ideen, die doch nichts halfen, und Sehnsüchten. Geplant und gebaut von Menschenhand, doch nichts Menschenfreundliches war da, nichts als graues Metall, Leitungen zu Boden und Höh, Strahlungen, wo Menschen sich ballen ist Feindesland, wie im nackten, weiten Raum, Steppe und Wüste. Die zerbrochene Gesellschaft. Der Blick auf geschichtete, unverputzte Ziegelmauern, auf Geleise, ausfächernd, sich verengend, schmutzige Hinterhöfe, bei der Einfahrt in den Gare de l'Est.

Sonntagabend: im Hotel

Um acht schon kehrte er hundemüde ins Hotel zurück, er war schwach gewesen den ganzen Tag über, ein Infekt, eine Erkältung? Er duschte lange, dann stand er am geöffneten Fenster, schaute auf die Gasse nach unten und sagte sich, dass Paris einen angenehmen Geruch hatte, einen viel angenehmeren als Wien etwa, das Meer meinte er zu riechen, immergrüne Sträucher, die Steine der Häuser, das Holz der Fensterläden, Küchengeruch aus den Restaurants nahm er wahr, Ausländer schufteten in den Küchen. Der Wecker tickte. Er dachte: Die Zeit läuft. Mittags hatte er in einem italienischen Restaurant gegessen. Dann war er durch die Stadt spaziert, das Seine-Ufer entlang, hatte in Kirchen geschaut, hatte dort Kerzen angezündet, war vor einem Sex-Shop stehen geblieben und vor einer Tierhandlung, hatte sich erinnert, wie er als Jugendlicher an den vom Vater organisierten Treibjagden teilgenommen hatte. Der Vater war zum Jagen in die Karpaten und in den Böhmerwald gefahren. Der Vater nun tot nach den Jahren im Heim, der Bruder dabei, sich zu versaufen, nun lag es an ihm. Beende deine Jugend! Der Tod des Vaters natürlich ein Schlag, aber auch eine nicht zu leugnende Erleichterung, der Weg ist nun frei. Der Tod hatte auf sich warten lassen.

Dass er froh war, nicht direkt nach Hamburg gefahren zu sein, den Umweg über Paris genommen zu haben, um sich freizuspielen für ein paar Tage, bevor das neue Leben begonnen werden wollte. Dass er wusste, dass auch Hamburg nur ein notwendiger Umweg war um zurückzufinden zum Ersten, das verstellt war, zu früh war es noch.

Er schaltete den Fernseher ein, es lief Axel Cortis Verfilmung von Joseph Roths *Radetzkymarsch*. Die Langeweile, die schwer in den Figuren saß, die Strenge und Zähigkeit einer Lebensordnung, die mit dem Tod des alten Kaisers in Staub fiel.

So war er in den Film hineingeraten, über Paris gewitterte es, und danach in Träume, die von Birnbäumen gingen und vom Nebel, der über dem Ententeich lag, von Fasanen, die erschreckt aufflogen, von weiten, von Frost überzogenen Feldern, durch die ein einzelner Zug stieß, von einer Taschenuhr, die sich öffnete und ihm zuflüsterte, dass es schon gut werden würde.

Da und dort, nirgendwo, immer

Zürich
Ich trinke Limonade. Das Lokal ist für die Schönen und Reichen der Stadt. Der Schmuck der Schönen und Reichen funkelt und glänzt und spiegelt und blendet. Gesichtscremen duften, Lippenstifte strahlen. Holland spielt sich um Kopf und Kragen. Die Gäste im Lokal sind mehrheitlich auf der Seite der Portugiesen. Jeunesse dorée gibt sich mit der Fußball-Weltmeisterschaft ab, weil es schick ist. Aber nur so halb, so oberflächlich. Die Zürcher Jugend ist exquisit gekleidet, teurer als anständig wäre. Die Jungen sind cool, ich halte dagegen. Die Portugiesen spielen hart und unfair, beißen und kratzen. In der ersten Halbzeit wurde Costinha ausgeschlossen. Holland spielt sich eine Chance um die andere heraus, aber trifft das Tor nicht. Und doch ist alles, so wie es ist, gut. Ich trage Schuhe von Puma, Jeans von Hugo, Polo von Lacoste. Meine Uhr wurde von IWC in Schaffhausen produziert. Es ist heiß unter dem Zürcher Abendhimmel. Einzig hier am See ist es einigermaßen auszuhalten, die Luft kommt aus den Bergen und schmeckt

nach Heidi-Kräutern. Ausschluss Boulahrouz eben jetzt in der 63. Minute. 10 gegen 10. Ich trinke ein Bier. Es ist schlecht gekühlt. Hier werde ich keinen aufreißen können, aber was würde es auch nützen, er würde mit aufs Zimmer kommen und morgen würde ich wieder alleine aufwachen, alleine frühstücken und später dann mit gescheitelt-humorlosen Anzugträgern um den Preis des Softwarepakets feilschen, würde bis an die Grenze des Möglichen gehen, meinen Geschäftspartnern die Hände schütteln und anschließend Höflichkeitsfloskeln hinterhertreten. Geld stinkt. Zürich stinkt.

Zwei Chancen für Holland, auch Deco bekommt die rote Karte. Die Holländer laufen ins Verderben wie die Nibelungen, sie wissen es. In Schönheit sterben. Die schönen Jungen und jungen Schönen sind natürlich mehr mit sich als mit dem Spiel beschäftigt, kaum einer schaut auf die Leinwand. Der Fußball ist die Kulisse. Die Mädels verschwinden aufs WC, prüfen, ob die Schminke perfekt sitzt. Oder sie schnupfen Verbotenes. Die Mädels schauen verdammt gut aus, die Burschen schauen verdammt gut aus. Hier wird nicht gealtert, hier kennt man keine Krankheiten. Das Bier schmeckt nach Abwaschwasser. Ich gehe zur Kellnerin, stelle ihr das Bier zurück an den Tresen, sage: „Das Bier schmeckt nach Abwaschwasser. Mach mir einen schönen kalten Martini!“ Ich lege ihr einen Zehner hin, sie lächelt, presst ein Lächeln auf ihre Lippen.

An den Zürchern habe ich mir heute die Zähne

ausgebissen, kein Erfolg bei den Verhandlungen, heute war Sense. Sie sind so unerträglich nüchtern und direkt. Das Mittagessen war exzellent, es gab Rindfleisch-Carpaccio mit Parmesanspänen, dann hausgemachte Ricottagnocchi mit Steinpilzen und Trüffelöl, schließlich Doradefilets im Ofen gegart mit frischen Kräutern auf Zucchettibeet und zum Dessert einen lauwarmen Apfelkuchen mit Baumnussglacé. Aber mir steht dieses elaborierte Zeug bis obenhin. Lieber hätte ich mal wieder einen Hamburger mit Pommes oder eine Leberkässemmel oder einfach nur ein Butterbrot mit Schnittlauch.

Zürich ist eine Insel der Privilegierten, ein Paradies für all die einäugigen, gottlosen Piraten unter den Bankern. Ihr Planschbecken ist der Zürichsee. Nach den abgebrochenen Verhandlungen hatte ich unverhofft Zeit. Ich ließ mich zum Hotel fahren, duschte lange. Dann kaufte ich ein Ticket für eine Seerundfahrt. Ich überlegte, ob ich meinen Eltern eine Ansichtskarte schreiben sollte. Aber sie haben schon so viele von mir bekommen und sich niemals bedankt. Das Schiff legte sechs oder sieben Mal an. Leute stiegen zu. Auf dem See war viel los, Surfer, Segler, Tretbootfahrer. Ich machte Fotos von den minimalistischen Bootshäusern, von den Strandhotels, von den Villen in Kilchberg, von der Schokoladefabrik Lindt&Sprüngli AG, von den Ruderclubhäusern, den Anlegestellen. Es bewölkte sich, Wind kam auf. Der Wind tat gut. In den Bergen im Südosten regnete es bereits. Ich sah es. Ich dachte an Kahmaran, meinen

Kurden, mein Verhängnis. Und überall Reichtum, überall Geld, dezenter Prunk, protestantisch-zurückhaltend. Genau das aber machte mich wahnsinnig: dieser zurückgehaltene, aber trotzdem nicht zu übersehende Luxus. Nach eineinhalb Stunden war das Boot wieder zurück an der Anlegestelle. Ich spazierte durch die Stadt, zur Börse, zu den vielen Bädern in den Kanälen der Limmat. Manche Bäder waren nach Männern und Frauen getrennt. In der Auslage einer Galerie sah ich Bettlerschilder aus aller Welt zum Verkauf angeboten. Es gibt Künstler, die sind perverser als unsere Vorstandschefs. Kahmaran fehlt mir. Mein kleiner, kleiner Kurde. Nur wenige zeitgenössische Künstler haben Verantwortungsbewusstsein. Sie denken zuerst an sich, dann ans Geld und zuletzt an ihre Reproduktionskunst. Ich kaufe nur Bilder von Künstlern, die einen Krieg erlebt haben. Die Provision kann ich vergessen, das Geschäft wird platzen, die Zürcher sind zu zäh, morgen wird auch nichts mehr zu retten sein. Der vierte Ausschluss: Giovanni van Bronckhorst muss vom Spielfeld. Die drei, die mir heute gegenübersaßen, waren zwischen fünfunddreißig und vierzig. Sie waren gebräunt, hatten natürlich maßgeschneiderte Anzüge, natürlich, alle hatten dieses diabolische stahlharte Lächeln, dieses Ich-bin-Superman-Lächeln, diesen Lance Armstrong-Siegerblick, an dem kein Vorbeikommen ist. Ihre Muskeln warteten auf das abendliche Fitnesstraining wie Hunde aufs Gassigehen. Businessläufe, Businessflüge, Businessessen, Businessgolfen. Die drei machten mich mürbe, einer nach dem anderen redete auf mich ein. Allein gegen drei boxen, was willst du da noch? Ich habe Kahmaran gesucht, tagelang, wochenlang, monatelang, er war nicht zu finden.

Holland ist draußen. Ich habe es befürchtet. Ich hole mir einen zweiten Martini. Der Kellnerin – sie hat einen viel zu kurzen Minirock an – lege ich wieder einen Zehner Trinkgeld auf den Tresen. Mein Gott ihr Lächeln. „Brauchst mich nicht so verführerisch anzuschauen!", sage ich zu ihr und schnappe mir den Zehner wieder. Sie ruft nach dem Türsteher, ich tauche in der Menge unter und bin draußen.

Ich atme tief ein und aus, langsam und bedächtig. Oft habe ich das Gefühl, ich müsste ersticken. Das dürfte eine psychosomatische Sache sein. Ich bin wohl etwas gereizt heute und überarbeitet. Aber wie auch, wenn man 60 Stunden die Woche arbeitet, jeden zweiten Tag in einer anderen Stadt. Stricher im Park am See, hinter den Büschen hocken sie und warten gierig wie Junkies. Keine Sterne am Himmel, der einzige Makel der Stadt heute, die Sterne fehlen zum perfekten Sommerabend, die Sterne können auch von den Zürchern nicht gekauft werden. Aufgeregt haben mich auch die vielen Verbotsschilder in der Stadt. In der Straßenbahn las ich: „Wir wollen nicht den ganzen Waggon mit Vorschriften zupflastern müssen, darum hier kurz die wichtigsten: ..." So oder ähnlich stand das tatsächlich da und war nicht einmal überschmiert.

Meine Geschichten gehen nie zu Ende. Das ist zu beklagen.

Am See. In einem Bad, das nachts zu einer Bar umfunktioniert wurde. Auch hier eine Leinwand, auch hier wurde Fußball gezeigt. Jetzt aber Musik, zwei DJs an den turntables. Ein Mädchen spricht mich an. Auf Model macht sie und dann erzählt sie schon im dritten Satz, sie sei auch wirklich eines. Wir reden über dies und das, sie lacht über meinen österreichischen Akzent, ich finde das überhaupt nicht lustig. Ich gehe aufs Klo, wasche mir das Gesicht, gele die Haare nach, suche nach Telefonnummern in den Klos. Eine notiere ich. Zurück an der Bar bestelle ich höflich einen Martini mit Eis. Ich ziehe vorschriftsmäßig meine Schuhe aus und gehe den Holzsteg raus. Ich setze mich, lasse die Füße ins kühle Seewasser baumeln, beobachte die vielen Fische, die sich um die unterirdischen Scheinwerfer versammeln, auch zwei Enten sind da, mit ihrem kleinen Nachwuchs, sie schwimmen unter dem Steg durch. Ein schönes, friedliches, beruhigendes Bild. Hinter mir ziehen sich zwei aus, springen nackt in den See, kurze Zeit später kommen sie aus dem Wasser, schmusen, kommen aufeinander zu liegen. Diese Welt ist mir zu primitiv, ich werfe den Martini ins Wasser, das Glas geht schnell unter. Auf dem Weg zum Hotel bekomme ich plötzlich einen Schweißanfall und starke Kopfschmerzen. Ich schleppe mich auf eine Bank, bleibe sitzen, zittere und schwitze und werde leicht panisch. Zu viele Krebstote in der Verwandtschaft. Nach einer Viertelstunde kann ich aufstehen. Ich wanke ins erstbeste Lokal, bestelle Perrier mit Eis. Der Kellner schaut mich besorgt an, „Es geht schon, ich brauche nur Wasser, es geht schon“, sage ich, lasse mich auf der roten Plüschbank zurücksinken, schließe die Augen. Er bringt mir das Wasser, greift mir auf die Schulter, schaut mir in die Augen. „Hast du Drogen genommen?“ Ich schüttle den Kopf, trinke, lehne mich wieder zurück. Der Kopf liegt auf der Lehne, ich schaue an die Decke, dort hängen und leuchten hundert Glühbirnen. „Das war früher ein Bordell“, höre ich jemanden am Nebentisch erklären, „ist der derzeit angesagteste Club in der Stadt.“ Na bravo, denke ich. Der Kellner kommt wieder. Er hat ein Tuch mitgebracht, befeuchtet meine Stirn, den Hals, die Arme.

Frankfurt
Mein tägliches Tun ist schnell erzählt, es geht vom Wiener Büro mit Taxi zum Flughafen ins Flugzeug, Bordmenü, Wirtschaftszeitungen. Taxi zum Hotel, Einchecken mit Mastercard, Studium der Unterlagen, Taxi zu den Verhandlungspartnern. Ich klappe mein Notebook auf und präsentiere NLP-gestärkt, rede und verhandle. Ich verdiene viel, ich verdiene sehr viel. Mein Geld investiere ich in Immobilien, Kunst und Gold. Abends in ein Restaurant, dann an die Bar. Meine Welt spricht Businessenglisch. Im Businesssmalltalk abends geht es um Wein oder um Golf oder um Sportwagen oder um Zigarren oder um Edelbordelle.

Ich kann überall mitreden. Man darf sich keine Blöße geben.

Frankfurt ist eine hässliche Stadt ohne Gesicht. Die Skyline, die Wolkenkratzer, mein Gott, wie oft beschworen und zitiert, aber wie erbärmlich mickrig, wie unglaublich mickrig. Es gibt keine langweiligere Großstadt als Frankfurt. Meine Eltern werden älter, sie sind beide über sechzig. Gestern war ich in einem Club. Beim Rausgehen hatte ich Horden von jubelnden Fußballfans gesehen. Das muss so gegen elf am Abend gewesen sein. Ich trug einen leichten Leinenanzug. Eine alte Frau schaut zum Fenster raus, spuckt nach unten auf die Straße. Ich mache es nie ohne. Die Jüngeren sind leichtsinnig, nachlässig, der Virus macht ihnen keine Angst mehr. Meine Eltern wirken wie Achtzigjährige. Bei ihnen in Kärnten halte ich es keine drei Tage aus. Das Dorf deprimiert mich, das Elternhaus deprimiert mich, mein Zimmer deprimiert mich. Auf der Autobahn fahre ich 170, 180 km/h. Mein BMW macht das locker. Wenn meine Eltern reden, dann sind sie innerhalb kürzester Zeit, oft genügen zwei, drei Sätze, bei ihrer Kindheit und erzählen, wie hart es früher gewesen sei, wie arm sie gewesen seien, wie sie jeden Schilling hätten dreimal umdrehen müssen, um meine Ausbildung zu finanzieren und das Haus, das ich einmal erben würde. Ihre Bewegungen sind so langsam, ihre Blicke verzögert, sie bleiben oft unvermutet stehen, dann weiß ich, sie denken an den Tod oder an ihre Kindheit, was auf das selbe hinausläuft. Sie lassen sich von der Melancholie lähmen, sie schauen dem Tod ins Angesicht und sind gelähmt. Die Nachmittage verbringen sie schlafend, die Abende vor dem Fernseher. Von den Verwandten weiß noch immer keiner, dass ich schwul bin. Ich habe keinen schwulen Sohn, sagte Vater und Mutter nickte. So einfach ist das. Vier oder fünf Mal im Jahr bin ich in Frankfurt. Einmal bin ich zum Stadion raus, Frankfurt gegen Hertha. Ein müdes Spiel, Frankfurt hat eine müde Truppe ohne Konturen. Beim Dönerstand junge, muskulöse, rassige Türken. Ich hab mal mit einem Türken. Die Existenz meiner Eltern ist auf Lügen aufgebaut. Wenn sie gefragt werden, warum ich mit 35 noch keine Freundin habe – und sie werden das oft gefragt –, dann schieben sie meine anstrengende Arbeit vor, mein ständiges Unterwegssein. Ich habe Kahmaran auf der Straße kennen gelernt, in Wien. Kahmaran ist Kurde aus dem Irak. Asylbewerber. Er ist 20. Mit ihm war mehr. Ihm könnte ich sagen: Ich will dich lieben alle Tage. Und plötzlich ist er verschwunden. Abgeschoben, untergetaucht, tot, bei einem anderen, niemand weiß etwas. Im letzten Monat war ich 25 Tage unterwegs. Niemand kann mir vorwerfen, zu wenig zu arbeiten. Mein früherer Freund, aus meiner einzigen längeren Beziehung, hat die Erbin eines Bauunternehmers geheiratet. In der High Society angekommen, in den Klatschspalten der Zeitungen. Ein Schönling, ein schwuler, verheirateter Schönling. Ich jedenfalls habe ihn geliebt.

Und in den dunklen Räumen ist Liebe der fernste

Ort, schwarze Löcher, physikalisch erklärbar, die kleinste Bewegung, kein du gibt es mehr und kein wir und kein ich, man lebt ohne Plural, man kennt den Konjunktiv nicht mehr, man fällt in das schwarze Loch, bleibt liegen und rührt sich nicht mehr.

Innsbruck
Die Landung auf dem Flughafen Kranebitten mit einer kleinen Tyrolean-Maschine immer wieder ein Erlebnis, das enge Inntal, die schroff abfallende Nordkette. Das Taxi wartete beim Flughafen, brachte mich direkt zur Firma. Ich präsentierte die Software in einem schäbigen Büro, war ständig abgelenkt durch einen alten, lauten Ventilator, der die Hitze im Büro nicht zu lindern vermochte. Auf der Suche nach Kahmaran bin ich zur Ausländerberatungsstelle der Wiener Caritas gegangen. Das Büro lag im ersten Stock, schon auf der Treppe stellten sich die Leute an, standen eng aneinander gedrängt, ihre Leiber schwitzten, sie sprachen in ihren tausend Muttersprachen oder in bizarrem Kauderwelsch. Alte Weiber stöhnten, Babys schrien. Aus aller Herren Länder. Am Schalter eine Frau mit rot gefärbten Haaren, sie gestikulierte, erklärte auf Deutsch, Russisch und Serbokroatisch. Die Wartenden diskutierten, schrien durcheinander, es stank nach Schweiß. Als ich nach einer Stunde Warten an der Reihe war, war ich etwas nervös, fragte: „Kennen Sie einen Kahmaran, etwa zwanzig ist er, ein Kurde aus dem Irak?" „Was wollen Sie denn von ihm? Was wollen Sie denn von

uns? Wir sind hier kein Auskunftsbüro. Müssen Sie schon selber suchen." „Aber einer Ihrer Mitarbeiter, vielleicht kennt der einen Kahmaran?", fragte ich scheu. „Sie sehen ja, was hier los ist. Wir betreuen Ausländer, keine Österreicher. Fragen Sie die Wartenden, dort in der Ecke sitzen Iraker, fragen Sie sich durch. Wiedersehen." Natürlich fragte ich die Iraker, aber sie waren misstrauisch, sagten kein Wort. Ich verließ die Beratungsstelle, trank Bier in einem Lokal. Wo die Liebe hinfällt, dachte ich. Ich schlich abends durch die Parks, wartete stundenlang vor den Asylbewerberheimen, fragte nach ihm, aber er blieb verschwunden. Ein Sozialarbeiter erzählte mir, dass das Bundesasylamt die Ausländer oft in abgelegenen, nicht mehr rentablen Gasthöfen unterbringe, irgendwo in der Einschicht, weitab von der nächsten Stadt.

Der Ventilator surrte, er ratterte, er quälte sich durch den schwülen Nachmittag. Die sechs Zuhörer hörten nicht zu, spielten mit ihren Handys, streckten sich müde, gähnten. Ich sprach wie in Trance, war ebenfalls todmüde und froh, als der Abteilungsleiter endlich eine Kaffeepause vorschlug. Ich schaute auf die Stadt, den außergewöhnlich viel Wasser führenden Inn, auf die imposanten Berge ringsum. Man sprach über die Fußballweltmeisterschaft, ich hörte nur halb hin, dachte an Kahmaran, seine dunklen Augen, seine Brusthaare, seine scheuen, schamhaften Bewegungen. „Na, dann machen wir weiter", hörte ich und ich sprach eine weitere Stunde im abgedunkelten Büro, dann war es vorbei, man bedankte sich für die interessante Präsentation und werde das Softwarepaket kaufen, es sei ja vorher schon klar gewesen, man wollte nur sehen, ob ...

Ich ließ mich in die Altstadt chauffieren, stieg im *Weißen Kreuz* in unmittelbarer Nähe des Goldenen Dachl ab. Ein altehrwürdiges gutbürgerliches Haus. Ich legte mich nieder, schlief zwei Stunden, dann ging ich raus, aß in einer Tapas-Bar. Man hörte den Torjubel vom nahe gelegenen WM-Open-Air. Frankreich hatte sich eben für das Achtelfinale qualifiziert. Ich trank spanischen Rotwein, dachte an die kleinen Bergstädte zwischen Madrid und Barcelona. Mit Karl hatte ich sie besucht vor sechs, sieben Jahren, es war im April, wir waren in einem Opel Corsa unterwegs, es war sonnig gewesen und hatte nie geregnet. Wir hatten oft Kaffee getrunken und in kleinen Flüssen gebadet, hatten Stierkampfarenen besichtigt. Jetzt ist er verheiratet. Und wenn ich ihn oute? Frische Luft von den Bergen. Die Innsbrucker sind elegant und teuer angezogen, sie sind so sportlich. Auf den Bergen Feuer. Sommersonnenwende.

Saarbrücken

Eine so kleine Stadt, ein so kleines Bundesland, die Städte hocken aneinander, gehen ineinander über, ohne dass zu erkennen ist, wo ihre Grenzen verlaufen. Der Bergbau ist tot, die Arbeitslosigkeit hoch. Beim Bahnhof preist ein Marktfahrer sein multifunktional verwendbares Schälmesser an. Es kostet vier Euro. Man kann damit ganz lustige Formen in Gurken und

Tomaten schneiden. Das Softwarepaket, das ich verkaufe, ist unter hunderttausend Euro nicht zu haben. Er arbeitet härter, ich verdiene mehr. So ist der Lauf der Dinge. Man muss den richtigen Job haben. Mit 30 wechselte ich als Personalchef zu einer Pharmafirma. Meine Eltern waren sehr stolz auf mich. Nach einigen Tagen war mir klar, dass meine Aufgabe darin bestand, 1400 Entlassungen an einem niederösterreichischen Produktionsstandort abzuwickeln. Der Witz war, dass das Werk hochprofitabel war, fünfzehn Prozent Gewinn abwarf, aber eben nicht so profitabel war wie das chinesische Werk, das die Aufgaben des niederösterreichischen Werks übernehmen sollte. Ich habe den Job gekündigt. Meine kleinbürgerlich-katholische Erziehung hat mir ein starkes Gewissen vermacht, das schwer auszuschalten ist. Wenn ich von transzendentaler Obdachlosigkeit spreche, dann weiß ich genau, was damit gemeint ist. Auch den Adorno-Satz: *Es gibt kein richtiges Leben im falschen*, habe ich im Kern verstanden. Das Komische ist, dass mich die Gerüche der Kindheit immer wieder einholen. Der Schmerz, aus dem vollkommenen Sein der Kindheit herausgerissen worden zu sein, aus dem Haus, aus der gutmütigen Natur, aus den sorgenden Tätigkeiten der Mutter, den spüre ich vor allem in Provinzstädten wie Saarbrücken. Die ersten Sinneseindrücke, die verloren gingen unwiederbringbar.

Vom Schloss schaue ich auf die Innenstadt, auf die Saar, die Autobahn, die den Fluss entlang mitten durch die Stadt führt und sie in zwei Teile schneidet. Im Gastgarten eines Cafés beim Schloss höre ich die Radioübertragung eines Spiels der Italiener: Pirlo höre ich und Gattuso und Materazzi. Ich bestelle Tomaten mit Mozzarella. Wenn dich dein Schwulsein nicht einmal Kopf und Kragen kostet, dachte ich, wenn es dich nicht einmal ans Messer liefert. Der Richter und sein Henker. Am Nebentisch beklagten zwei ältere Frauen, dass man in Saarbrücken keinen anständigen Kaviar bekomme, es überhaupt unmöglich sei, frische Fische zu bekommen, auch die Friseure wären Stümper und dass nur schleißiger Schmuck angeboten werde. „Qualität ist im Saarland ein Fremdwort. Dabei spreche ich noch lange nicht von Luxus", sagte die eine und die andere: „Und überall die Arbeitslosen auf den Straßen, die Ein-Euro-Geschäfte. Die Stadt ist voll von schmutzigem Gesindel." „Dann haut doch einfach ab, verwöhnte Weiber", dachte ich und sagte es oder auch nicht.

Madrid

Im Parque Retiro saß eine Wahrsagerin auf einem Campingstuhl, vor ihr ein kleiner Tisch, über ihr war ein großer Sonnenschirm gespannt. Sie war dick, um die fünfzig, hatte blonde, gelockte Haare. Die Arme gefaltet, ihr Blick täuschte Seriosität vor, war berechnend. Sie musterte ihr Gegenüber. So habe ich mir immer Kupplerinnen vorgestellt. An das Wort Engelmacherin dachte ich. Eine glänzende, grüne Tischdecke, darauf die Statue einer Eule, eine Kugel, verschiedene Steine, Karten, undefinierbares, lächerliches Kleinzeug. Ihr gegenüber, ebenfalls auf einem Campingstuhl, saß eine unsicher wirkende Frau, nicht eben schön, Mitte dreißig. Eine Sozialarbeiterin oder eine eben verlassene Hausfrau, immerzu seufzend. Es gibt Leute, die das Unglück anziehen und nur in ihm zu Hause sind. Sie atmete kräftig durch, bevor sie ängstlich eine der Karten zog, die ihr die Wahrsagerin entgegenhielt, und wirkte enttäuscht, als ihr die Wahrsagerin die ausgewählte Karte zeigte, dann erleichtert, als ihr Gegenüber zu reden begann, ihre Zukunft deutete, sie ihr in schönen Bildern ausmalte, ihr Spiel spielte. So zumindest wirkte es auf mich. Was hätte sie mir über mich und Kahmaran erzählen können? Dass wir füreinander geschaffen waren? Dass der Zufall es war, der uns zusammengeführt hatte, dass Gott es war, der uns auseinandergerissen hatte? Dass er eines Tages vor meiner Wohnungstür auf mein Kommen warten würde? Dass ich Geduld haben müsste oder er für immer verloren wäre?

Ich kam an Spiellokalen vorbei, an Wettbüros. Jugendliche beobachtete ich, die auf sonderbaren Automaten tanzten, leuchtende Felder auf dem Boden gaben ihnen die Tanzschritte vor. Einige knackige Boys waren dabei. Dagegen in den Kirchen alte Frauen in schwarzen Röcken und ebenfalls schwarzen, leichten Strickwesten, Tücher auf dem Kopf, Rosenkränze in den Händen oder die Brieftasche. Kaum sechzig dürften sie gewesen sein und doch wirkten sie viel älter, wie schon halb aus dem Leben gegangen oder ewig da. Die Kirchen rochen süßlich. Oft waren künstliche

Blumen zu sehen. Ob schwule Liebe möglich ist, für mich? Drei alte Damen plauderten in einem Café. Sie hatten längst ausgetrunken, waren weiter in ihr Gespräch vertieft. Dann tauschten sie ihre Brillen, jede setzte die der anderen auf. Sie lachten dabei. Das Hotel war sauber: Ich mag es, jeden Tag frische Handtücher zu bekommen. Ein wenig umsorgt werden. In der U-Bahn sah ich einen Obdachlosen. Sein Oberkörper steckte in einer Kartonschachtel, nur die Füße schauten raus. Schlief er oder war er tot? Auf der Plaza Puerta de Moros saß eine alte Frau auf einer Bank. Sie hatte ein graues Gesicht, ein unglaublich graues Gesicht, ich konnte mir nicht vorstellen, warum ihr Gesicht eine so graue Farbe hatte: eine Vergiftung?

Mit den Spaniern ist es einfach, Geschäfte zu machen. Sie sind mir die liebsten Geschäftspartner. Sie sind weder verwöhnt noch gierig, sie halten ihr Wort.

Ich hatte Zeit, der Abschluss war schnell gemacht, ging ins Museum Thyssen-Bornemisza. Schaute und bewunderte und blieb schließlich lange vor dem Porträt der Giovanna degli Albizzi Tornabuoni von Domenico Ghirlandaio stehen. Es war am Ende des 15. Jahrhunderts gemalt worden und zeigte eine junge Frau im Profil, ein wunderschön ebenmäßiges Gesicht, ihre Haare waren geflochten, sie hatte einen langen Hals, trug ein mit reichen Ornamenten besticktes kostbares Kleid, gelb, gold, rot, orange. Sie war jung, keine zwanzig Jahre alt, noch ein Mädchen, anmutig und demütig und unschuldig ihr Blick. Ich wurde seltsam ruhig vor dem Bild und mir schien, dass ich Teil der Welt war, zur Welt gehörte, weil sie Teil der Welt war. Ich las, dass sie mit 18 Jahren mit einem der einflussreichsten Florentiner Banker verheiratet wurde. Sie war schwanger, sie hatte einen Bauch. Gebannt war ich von dem Porträt, von der Schönheit der jungen Frau. Dass ich auch gerne Kinder hätte. Dass das normale, das übliche Glücksmodell bei mir nicht funktioniert. Dass ich es verfluche, schwul zu sein und es nicht akzeptieren kann, es ist wie ein Krebsgeschwür, wie eine Sucht, wie ein böser Makel, den es zu verschleiern gilt. Mit 19 gebar sie einen Sohn, ein Jahr später starb sie an den Folgen ihrer zweiten Schwangerschaft. Das Porträt war posthum gemalt worden, ich konnte und wollte nicht fassen, dass sie so jung gestorben war, betrachtete nochmals das Bild und sah das Wissen um den Tod in ihrem Gesicht. Der Tod, die Liebe, die absolute Schönheit, sie sind eins. Der Glaube mancher Christen, Schwulsein sei heilbar, so verdammt lächerlich, aber ich sage immer zu mir, wenn es möglich wäre, würde ich versuchen, mich einer Therapie, einer Behandlung zu unterziehen. Es loswerden. Wieder draußen setzte ich mich auf eine Bank, betrachtete weiter das Porträt der Domenica degli Albizzi Tornabuoni im Museumskatalog, befühlte das Bild, strich ihr übers Haar und beklagte, dass ich kein Bild von Kahmaran hatte.

In der Kirche San Francisco fand eine Hochzeit statt. Baugerüste stützten das Innere der Kirche.

Kitschige Heimorgelmusik. Eine alte, dicke Frau in einem grünen Kostüm verließ während der Hochzeit weinend die Kirche. Warum weinte sie? Ihr Mann begleitete sie nach draußen, zwei Schritte hinter ihr. Draußen vor der Kirche stand er unbeholfen neben ihr, unfähig, sie zu trösten. Madrid ist eine schöne Stadt. Desertion ist nur im Krieg möglich.

Budapest
Der Bettler ohne Füße, ohne Prothesen, sein Rumpf in einer Sporttasche, in Madrid hatte ich Ähnliches gesehen, er trug Lederhandschuhe, mit den Händen zog er sich über den schmutzigen Boden, unrasiert war er und unfrisiert. Ich schaute ihn mitleidig an, warf ihm Münzen zu und fotografierte ihn, als er nach den Münzen griff. Niemand regte sich über mein Fotografieren auf. Ich werde mit dem Segelfliegen anfangen, ich werde es lernen, dachte ich, ich muss etwas für mich tun, ich arbeite und arbeite und komme zu kurz. Etwas für mich tun, fliegen. Mit den Ungarn gab es Verständigungsschwierigkeiten. Manche sprachen zwar ein wenig Deutsch, ich verstand jedoch oft nicht, was sie sagen wollten, auch ihr Englisch war katastrophal. Die Präsentation kostete mich einige Mühe. An der schlechten Qualität der Anzüge erkannte man, dass man in einem früheren Ostblockland war.

Wieder analytisch arbeiten, sagte ich mir, du musst wieder denken beim Arbeiten, du brauchst Futter für den Kopf und ich überlegte, wieder zurück an die

Uni zu gehen, wo ich nach Studienabschluss zwei Jahre als Assistent gearbeitet hatte. Du brauchst den Scheiß hier nicht mehr, dieses ständige Reisen, du hast einen Kopf, also benütze ihn, dachte ich. Und das Geld brauchst du doch nicht. Man muss sich verändern, von Zeit zu Zeit, dachte ich, die Verhandlungen, die Präsentationen, die Schulungen, das reicht einfach nicht. Ich ging ins Gerbeaud, sah die Oper, die Kettenbrücke. Budapest ähnelt Wien.

Die Autobahn von Budapest nach Wien war ordentlich ausgebaut. Ich fuhr schnell. In der Nähe von Tatabánya ging plötzlich ein Starkregen nieder. Ich fuhr zu einer Raststation, klappte den Sitz nach hinten, legte mich hin, hörte Klavierkonzerte von Mozart und das Aufschlagen der großen Tropfen auf der Windschutzscheibe. Ob ich wieder beginnen sollte ihn zu suchen? Dass ich nicht einmal ein Foto von Kahmaran hatte. Wie unter Wasser, es lief in Strömen über die Scheiben, was draußen vor sich ging, das konnte man nicht mehr erkennen. Ich rauchte. Es war mir ein wenig unheimlich. Nach einer halben Stunde hörte der Regen auf, es dunkelte bereits, ich bin wie Luft, wie Luft, dachte ich. Ein kleiner Mann mit einem riesigen Oberlippenbart klopfte an meine Wagentür, ich öffnete, er hielt mir einen Aktenkoffer vor die Nase, öffnete ihn, drinnen lagen Handys, die er mir verkaufen wollte. Es kostete mich einige Mühe, ihn abzuwimmeln. Ich fuhr wieder los, an Györ vorbei ins Kisalföld. Ich rollte Wien entgegen. An der Grenze wider Erwarten Kontrollen. Ich kurbelte die

Scheibe runter, hielt den Pass raus, ein Grenzbeamter wies mich an, stehen zu bleiben. Ich stellte den Motor ab, stieg aus. Drei Beamte begannen meinen Wagen zu durchsuchen. Ich fragte warum und wieso. Dann waren auch schon zwei Schnüffelhunde am Wagen, kletterten ins Innere, in den Kofferraum. Ich stand in der Sonne, schaute auf die Leute in den Autos, die die Grenze passierten, ein VW Passat voller Türken, ein altes Ehepaar. Am liebsten wäre ich zu ihnen hingelaufen und hätte gefragt, ob ich mitfahren dürfe. Ein kleiner Junge schaute mich fragend an, dann zeigte er mit dem Finger auf mich, ich blinzelte im aggressiven Sonnenlicht, atmete die Abgasluft, hörte Motorenlärm, blinzelte in die Sonne, jetzt schaute auch die Mutter des Jungen zu mir, ich hörte ein Bellen, hatte Arvo Pärt im Ohr, sein Requiem für Benjamin Britten, von den höchsten Lagen des Streicherorchesters geht es immer tiefer, einer der zwei Hunde begann wie verrückt zu bellen, ich schaute müde in seine Richtung, schloss die Augen, tief und tiefer spielten die Streicher in meinem Kopf, und immer noch tiefer. Ein Grenzbeamter gab mir ein Zeichen. Ich durfte weiterfahren.

Plein soleil

Die Wut facht sich mit dem Wind an: Lacht nur, lacht nur weiter, ihr Penner! Besser, ihr würdet nicht lachen, aber ihr seid zu dumm, eure Zahnlücken, eure schwarzverfaulten Zähne zu verbergen. Ihr Nichtsnutze, was hat Gott bloß mit euch gewollt? Warum hat er euch geschaffen? Mich hier auszulachen, mich zu provozieren! Als ob da nicht schon genug wäre: das kaputte Auto, Ohrenweh, die stark befahrene Landstraße. Jetzt, hier. Zu Fuß ins Zentrum der Stadt, bei Hitze und Mistral, drei, vier Kilometer noch. Das greift die Nerven an. Calme-toi! Euer dreckiges Lachen, eure dreckigen Andeutungen, ich scheiße auf euch! Schert euch zum Teufel! Doch ich bin zu feig, ihnen den ausgestreckten Mittelfinger hinzustrecken. Stehen faul auf ihrem unaufgeräumten elendigen Schrottplatz, voll von unnützen, wertlosen, verrosteten, Öl verlierenden Autowracks und haben nichts Besseres zu tun, als mich nachzuäffen, als mich zu provozieren! Calme-toi!

Diese Wut in mir, woher kommt die?

Sie hätten das Ersatzteil nicht, das Auto sei alt, die

Reparatur teuer, es wäre besser, das Auto zu verschrotten, sagten mir die Mechaniker mit breitem Grinsen. Sicher haben sie keine Lust auf die schmutzige und mühsame Reparatur.

Der Süden beginnt unterhalb von Lyon. Man erkennt das an den weißen Billigplastikstühlen, die vor den Häusern stehen, an den Baumaterialien, die im Freien gelagert werden und daran, dass die automatischen Radargeräte vandalisiert sind.

Meine Schuhe sind voller Staub, jeden Abend putze ich sie, aber wozu? In meinen Ohren stecken zusammengeknüllte Taschentücher, ich habe Ohrenweh und keine Watte. Ich hatte noch nie Ohrenweh im Sommer. Der Mistral weht seit vier Tagen, unaufhörlich, fast unwirklich wirkt dieses ständige Pfeifen. Hier ist es nie still. Bläst mir in Ohren, Nase, gegen die Stirn. Was könnte man dagegen tun? Max hat ein altes Puch-Rennrad, das Mistral heißt.

Der Streit mit Max, der musste nicht sein, der war unnötig wie eine Autopanne im Urlaub. Der fing an und geriet außer Kontrolle. Die Ohrfeige, die habe ich nicht gewollt, Max, wollte ich sagen, aber es war schon zu spät, dann schlugen die Türen zu, war Max schon bei der Wohnung draußen und auch am nächsten Morgen nicht in seinem Bett, nicht da. Das Bett unberührt. Ich war traurig. Worte sind Gefühlen gegenüber schwach. Ich sehne mich nach voller Weite. Wir wohnen seit Jahren zusammen, aber in getrennten Zimmern, damit jeder für sich sein kann, damit

Max ungestört arbeiten kann. Das habe ich nicht gewollt, Max, murmle ich jetzt vor mich hin. Es tut mir leid, Max, es tut mir wirklich leid, Max. Komm, verzeih mir!

Was hätte Max getan? Jetzt und hier? Wie viel leichter wäre es mit ihm, zusammen. Warten, bis morgen, bis übermorgen. Vielleicht ist das Teil doch noch zu bestellen, sagten die Mechaniker. Sie wollen Zeit gewinnen, wollen billig an mein Auto.

Das ruhige, dumpfe Dröhnen von Jagdbombern, die zufrieden von ihrer Mission zurückkehren.

Eine Raubkatze, die ihre Beute nach Hause trägt.

Ein ruhiger Basslauf.

„Je prends un café", sage ich zum jungen Kellner, lächle nicht, bin unentspannt, knete meine Finger. Eigentlich sollte ich Wasser trinken, ich habe heute zu wenig getrunken. Der Mistral und die Hitze trocknen den Körper aus. Meist trinke ich zu wenig, das Trinken eine Überwindung. Die Flüssigkeit will nicht rein in meinen Körper. „Wasser entgiftet und ist das beste Mittel gegen Falten", sagt meine Mutter immer, aber auch sie trinkt zu wenig. Ihr achtundvierzigjähriges Gesicht ist von Falten übersät, von Sorgenfalten, Kummerfalten, Angstfalten, Verzweiflungsfalten.

Max und ich haben seit dem unnötigen Streit nichts mehr voneinander gehört. Max ist empfindsam und empfindlich. Jeder an ihn gerichtete Satz ist ein Risiko, er findet Verletzendes, wo nichts Verletzendes zu finden ist.

„Selbst ist die Frau!", meinte meine Mutter am

Telefon zu mir, dabei ist sie unselbständig bis an die Grenze zur Hilflosigkeit, fährt nicht Auto, fährt nicht in den Urlaub, geht morgens zur Arbeit und abends heim, kocht, schaut fern und telefoniert einmal die Woche mit meiner Tante. Am Wochenende geht sie spazieren. Dass meine Mutter mir nie eine Hilfe war, dass sie mir nichts beigebracht hat, was von Wert wäre, dass ihre Vorstellungswelt nur Angst, Mauern und Grenzen kennt, daran denke ich viel zu oft. Dass es kein Wunder ist, dass sie ihr Leben lang allein geblieben ist, wer hätte sie auch lieben können, diese schüchterne, saubere, religiöse, magere, früh schon grauhaarige Frau. Wer liebt dich, Mutter? Wen hast du außer mir?

Ich hab nur die zwei Wochen Urlaub im Sommer, weg vom Büro, weg von den Kollegen, raus aus der Stadt, ab in den Süden. Nicht in den Urlaub zu fahren, weil Max und ich uns gestritten haben, hätte keinen Sinn gemacht, ich hätte die Vormittage verschlafen, wäre manchmal baden gegangen und doch nur in denselben Cafés gesessen und viel zu oft einfach nur die Einkaufsstraßen auf und ab gelaufen. Das bringt einen doch auch nicht weiter.

Die Fahrt nach Südfrankreich war anstrengend, Urlaubsverkehr, Unfälle, ab Lyon Staus, zwei Stunden für sechzig Kilometer in brütender Hitze und damals fiel mir schon auf, dass ich eines der ältesten Autos hatte, dann plötzlich Dampf aus der Motorhaube, Pannenstreifen, Abschleppwagen.

Die Place aux Herbes in der Altstadt zählt zu den schönsten Plätzen Frankreichs, André Malraux hat den weiten Platz in den Sechzigern restaurieren lassen: der kleine Brunnen, die Platanen, die Arkaden unter den renovierten Steinhäusern, die Geschäfte und Cafés. Die Urlauber neben mir heiter und entspannt, ich dagegen? Ein Zeitungsständer und ein Sonnenschirm werden vom Mistral umgeweht. Die Momente des Glücks mit Max waren zu fragil, um eine Beziehung dauerhaft zu halten, immer fehlte etwas, störte etwas, waren wir nicht am richtigen Ort, nicht auf derselben Frequenz. Auch aus der Addition der Momente des Glücks wurde niemals so etwas wie ein Zustand.

Die Garrigue ist trocken, staubtrocken, schon seit Wochen hat es nicht mehr geregnet, man befürchtet Waldbrände, Alarmstufe rot, aber die Hubschrauber bleiben am Boden, weil gestern einer über Korsika abgestürzt ist, die beiden Piloten tot, Unfallursache ungeklärt. Die Trockenheit und der Mistral, der das Feuer anfacht und es vor sich her treibt wie der Hund den Hasen. Mit einer Geschwindigkeit von bis zu einem Kilometer in der Stunde fressen sich die Feuer durch die Landschaft, über die steinige Erde in die Felder, Weinberge und Wälder und hinterlassen dumpfes, ratloses Schwarz.

Das Gefühl, dass es nicht ein Universum gibt, sondern unendlich viele, die sich wie zwei Parallelen im Unendlichen schneiden, was nicht viel heißt, aber sagen will: man erkennt den anderen doch nicht. Ein Käfig steht neben dem anderen, die Gerüche mischen sich, das sind Paralleluniversen, die neben- und übereinander stehen, aber doch unendlich weit voneinander entfernt sind. Wenn man sich küsst, dann ist man sich auch nicht nahe genug, man bleibt *ein* Selbst, man atmet allein und denkt allein, so sehr man sich auch bemüht. Man kommt sich näher, aber das reicht nicht.

Ich habe für zwei Tage ein Fahrrad gemietet. Keine Nachricht aus der Werkstätte.

Noch immer habe ich Ohrenweh. Der Mistral hält an, wird nicht schwächer, im Gegenteil. Man erzählt, dass er Leute in den Wahnsinn, in den Selbstmord treibt. Der Süden ist härter als er scheint, als grauer Mitteleuropäer lässt man sich von ein bisschen Sonnenschein und Temperaturen über 25 Grad täuschen. Nein, der Süden ist brutal, er tanzt verführerisch um sein Opfer, nimmt es mit festem Griff an der Hand und sticht zu, mit einem scharf geschliffenen Messer oder einem rostigen. Meine Zimmervermieterin – sie ist jung und schön und eben Mutter geworden – erzählte, dass der Mistral im letzten Winter Bäume entwurzelt, Dachziegel von den Häusern geweht habe, dass sie Mühe hatte, das Haus zu heizen.

Am Straßenrand ein überfahrener Igel, platt gewälzt, dunkelrote Blutkrusten, die mich an die tiefroten Ahornblätter erinnern, die ich als Volksschülerin in mein Sachunterrichtheft geklebt habe. Glasscherben, vertrocknete Dornengewächse, die Getreidefelder sind abgeerntet, aber das Stroh liegt in langen Zeilen auf den Feldern. Warum wurde es nicht zu Ballen gepresst? Warum sind die Felder nicht gepflügt?

Die Asche einer Zigarette könnte genügen, um ein verheerendes Feuer zu entfachen ...

Das zur Gewissheit sich wandelnde Gefühl, hier meine Zeit zu vertrödeln, mit Max die Zeit vertrödelt zu haben, mit sinnlosen Einkäufen, Kaffeehaustreffen, Partys, mit sinnlosen Handytelefonaten und Theaterbesuchen anstatt einfach ernst zu machen, ein Kind zu bekommen und zwei Jahre später ein zweites.

Die Asche einer Zigarette könnte genügen, um ein verheerendes Feuer zu entfachen, das diese Urlaubslandschaft mit ihren Olivenbäumen und Weinstöcken verschwinden lassen würde, eine ganz kleine Glut nur. Aus Portugal und Spanien werden ständig Waldbrände gemeldet. Auch hier in der Nähe gab es schon Feuer. Wie leicht wäre es, ein Feuer zu legen! Kleine Ursache, unglaubliche Wirkung. Ein Spiegel würde vermutlich reichen, ein gebündelter Sonnenstrahl, um das Stroh in Brand zu setzen, Feuerteufel sein, Aufruhr, Aufmerksamkeit erzeugen!

Die Trockenheit und die unmittelbare Gefahr eines Waldbrandes rufen den Gedanken an Brandstiftung erst hervor, er generiert sich aus der Versuchung, wie so vieles. Viel zu lange ist es schon viel zu trocken. Man hat im Leben nicht unbegrenzt Zeit.

Die Straße führt leicht bergan, ich schwitze in der Hitze, schmecke das Sonnenöl auf den Lippen. Blauzac liegt auf einem Hügel mit schöner Sicht auf die Umgebung. Mairie, Kirche, eine alte Burg, ein Café, eine Épicerie, die erst am späten Nachmittag wieder öffnet, ein kleines Postamt und zwanzig, dreißig alte Häuser rundum geschart, das ist der ganze Ort, das ist die Formel der französischen Provinz. In der leer stehenden kleinen Burg, an die im Laufe der Zeit frech Häuser angebaut wurden, lebte im 11. Jahrhundert Hélias de Blauzac, der mit den Feudalherren der Umgebung, Raymond de Saint-Gilles, Hugues de Pouzilhac, Milon de Serviers, Adalbert de Lussan und Guillaume de Sabran in den Ersten Kreuzzug gezogen war. Die Verabschiedung hier in der Kirche, dann mit dem Pferd Richtung heiliges Land: Jerusalem? Wie das Wort damals wohl ausgesprochen wurde?

Blauzac liegt verlassen, die Fensterläden sind geschlossen, nur im Café tummeln sich drei, vier Männer. Auch sie werfen mir eindeutig anzügliche Blicke zu. Sie denken alle nur ans Vögeln.

Weiter mit dem Rad, runter zum Fluss Gardon, nach Pont Saint-Nicolas. Als ich auf der breiten und langen Brücke stehe, liegt unter mir das ausgetrocknete Flussbett des Gardon, eine steinerne Wüste, Schotter, angeschwemmtes Holz, kein Wasser zu sehen. Die Hitze, die Sonnenstrahlen, der Durst, das verschwundene Wasser, das alles ist höchst verwirrend. Wird der Fluss unterirdisch umgeleitet? Aber wozu diese Brücke?

Es ist zwei Uhr am Nachmittag. Ich fahre gegen den Mistral, meine Augen schmerzen, der Asphalt ist weich, der Horizont schimmert golden, die Hitze raubt mir Kraft und Verstand, ich fahre über eine Schlangenhaut, während ich mich gegen den Wind stemme. Ich fühle mich fiebrig. Die Aufregung um das Auto, der Streit mit Max, die Hitze, das ist wohl im Moment etwas zu viel. Kopf zu Boden, um weniger Luftwiderstand zu machen. Verrückt, jetzt mit dem Fahrrad zu fahren, auf der staubigen, unebenen Landstraße. Eine illegale Mülldeponie zwischen den Weinbergen, auch hier kaputte Autos, nur mehr tote Gerippe. Es ist deprimierend.

Abends vor dem Spiegel: Ich meine, ich weiß, dass Menschen älter werden, dass sie sterben müssen. Aber das Altern, den Verfall zu akzeptieren, ist eine andere Sache. Ich spüre, dass ich älter werde. Die Geschwindigkeit des Alterns hat sich merklich erhöht. Die Anzahl der Falten nimmt zu, das Haar verändert sich, ich werde schneller müde, nehme kontinuierlich zu, die Haut wird schlaffer. Ich fühle mich einfach nicht mehr jung. Dabei bin ich erst dreißig. Als meine Mutter dreißig war, ging ich schon zur Schule. Wenn ich erst nach Mitternacht ins Bett komme, bin ich am folgenden Tag hundemüde. Wie viel Zeit bleibt mir noch, ein Kind zu bekommen? Ich meine, ich bin erst dreißig, das ist kein Alter, aber ich bin auch keine zwanzig mehr. Von Max werde ich keine Kinder bekommen, er will keine. Max und ich sind nicht eins. Die Vorstellung wäre schön und beruhigend gewesen. Aber dem ist nicht so. Allein auf weiter Flur und niemand, der mich hält, niemand, der mich hört.

Um vier Uhr wache ich auf. Der Traum: Ich bin als Papst verkleidet, liege in einem Sarg im Papstpalast von Avignon und werde von kirchlichen Würdenträgern in kostbaren Kleidern besucht. Sie singen und beten, stoßen lautes, aber geheucheltes Wehklagen aus. Dann schließt sich der Sarg, ich hämmere gegen das Holz, schreie, höre gedämpft höhnisches Gelächter. „Hast du wirklich gedacht, dass du damit durchkommst?" Dann das wahnsinnige Geschrei des Volkes. Ich bin den Tränen nahe, denke an das Bild von Francis Bacon, seine Studie nach Velásquez' Porträt von Papst Innozenz X. Bis zum Sonnenaufgang unruhiger Schlaf. Am nächsten Morgen bringe ich beim Frühstück keinen Bissen hinunter.

Die Frage ist, ob ich mir, so wie ich bin, gefalle.

Seit dem Morgen bin ich unterwegs, mit dem Fahrrad zum Gardon gefahren und jetzt wandere ich seit einer Stunde den Fluss entlang, schlage mich durch das Gestrüpp, an Felswänden entlang. Hier am Fluss sind die Pflanzen frischer. Ich habe Angst, im Gebüsch auf eine Schlange zu treten. Manchmal folge ich einem Weg, aber die meisten enden so abrupt wie sie begonnen haben. Dazwischen suche ich mir den Weg in den Felsen, klettere, springe, muss das Ufer wechseln, ziehe mir die Schuhe aus und wate an seichten Stellen durch den Fluss. Ein kleines Abenteuer. Das Gehen lenkt ab von all dem anderen.

Hier im eng geschnittenen Flusstal ist der Mistral kaum zu spüren, es ist heiß, ich ziehe mein T-Shirt aus und binde es über den Kopf, creme mich mit Sonnenöl ein. Die Pflanzen wachsen aus den Felsnischen, finden Halt in unglaublich kleinen Spalten. Fels und Schotter sind heiß. Ich habe Durst, trinke einen Schluck, habe aber nicht allzu viel Wasser mitgenommen.

Ich frage mich, ob das mit Max jetzt endgültig vorbei ist, ob es weitergehen könnte, ob es sich lohnt, weiterzumachen. Max, der Empfindliche, der Unverstandene, der verhätschelte König, das ewige Kind. Aber es gibt nur ihn, ich habe sonst keinen, ich liebe ihn, trotz allem.

Max ist zwei Jahre älter als ich. Arbeit, eigene Wohnung und Kinder, das ist schwer unter einen Hut zu bringen, mit Max unmöglich. Seinen Durchbruch als Fotograf wird er nicht mehr schaffen. Das weiß ich und er weiß es auch, aber er hat die Konsequenzen daraus noch nicht gezogen, macht weiter wie bisher. „Mach mir keinen Druck! Du darfst mir keinen Druck machen! Warum setzt du mich immer unter Druck?" So oder ähnlich formulierte er seine Vorwürfe, dann schlug er die Tür zu, sperrte sich in seinem Zimmer ein und hörte so laut Musik, dass die Hausmeisterin an der Tür klingelte und sich beschwerte. „Ich muss in meiner Kunst erst mal vorankommen. Das hat Vorrang. Das musst du verstehen." „Kunst" – wie ich dieses große Wort hasse, dieses Wort ist seine Blankoentschuldigung. Für alles. „Das Künstlerdasein ist schwer, es braucht Zeit und Glück. Das ist nicht so einfach wie bei dir in der Wirtschaft." Max macht schöne Fotografien, aber – mein Gott! – es sind Fotografien, wie sie viele Hobbyfotografen machen. „Warum immer so schnell, warum treibst du so, es geht uns doch gut so, wie wir leben, oder?" Ich will Kinder, Familie, eine Wohnung. Ich habe das ständige Umziehen satt, die billigen Möbel, die Verlegenheitslösungen, das ständige Reparieren der Haushaltsgeräte, das Warten, das Abhängen in den Lokalen, immer wieder diese „Die-muss-man-unbedingt-gesehen-haben-Filme", die Samstagvormittagsbrunches in irgendwelchen überteuerten Cafés, die Künstlerpartys, damit Max Kontakte knüpfen kann: „Irgendwann ergibt sich was." Nichts außer Frust und Spannungen hat sich ergeben. Seine Träumereien, seine Ideen, seine Pläne, die doch nichts werden. „Max, wir sind keine Kinder mehr", sagte ich zu ihm, aber er wollte nicht hören. „Wir schaffen das schon, viele haben das schon geschafft, so viele Menschen setzen Kinder in die Welt", sagte ich zu ihm. Aber das alles ist weit weg und lange her.

Zum Pont du Gard sind es noch drei Kilometer. Eine kleine Schotterbank. Ich ziehe mich aus, laufe ins kühle Wasser, lasse mich ins nicht sehr tiefe, weiche Wasser fallen, mache einige Arm- und Beintempi, tauche unter, tauche auf und wieder unter, ziehe mich mit weit ausholenden Armbewegungen durch das Wasser, tauche auf, drehe mich auf den Rücken, schaue in den makellos blauen Himmel. Auch das

Wasser ist herrlich blau. Kein Mensch in der Nähe, gegenüber am anderen Ufer versteckt hinter Bäumen eine alte Villa, ich schwimme, schreie vor Freude. „Das wahre Leben!", rufe ich in den französischen Mittag.

Leben und Sterben in der Rue Montorgeuil

(Aufzeichnungen aus dem *Grappe d'Orgeuil*, Paris)

25. Oktober
der graumelierte Verführer
die nervöse Lehrerin
die zwei Philosophiestudenten, die mit dem Kellner lachen
ein kleiner Dackel, der ängstlich zwischen den Füßen seines Besitzers kauert
ein Zigarrenpaffer
zwei Frauen trinken Espressi, eine trägt drei Einkaufstüten (*Zara, Comptoir des Cotonniers, Esprit*), die andere nur eine (*Kenzo*)
ein Alter, gleichgültig liest er *L'Équipe*
die Besitzerin des Cafés, maghrebinisches Aussehen, sie hält sich gerade, sie hat Stolz, eine hohe Stirn, rot gefärbte, gekräuselte Haare, dezent geschmackvoll ist sie gekleidet, wie eben viele Französinnen, Schönheit auf den zweiten Blick
ein Paar in den Fünfzigern, Rotwein trinkend
dänische Touristen

der Fischhändler von schräg gegenüber, er trinkt einen Grog

ein Priester wirft einen Blick ins Café – sucht er jemanden? – und ist schon wieder auf der Straße draußen, dort ein unerwarteter Windstoß, Staub aufwirbelnd

ein Obdachloser trottet vorbei, der Kellner grüßt ihn

zwei Männer, die Muscheln bestellen

ein Vater mit seiner kleinen Tochter, sie fällt vom Stuhl

Unbekannte, Namenlose

eine etwa sechzigjährige Frau, man meint, sie würde jeden Moment losweinen wollen

zwei Straßenkehrer

beim Hinausgehen der dicke Mann, über seinen Pferdewetten grübelnd

4. November

Die Fotos vom Badehaus der Großeltern in Kritzendorf, sind sie hier in Paris oder bei den Eltern in Wien? Beim Besuch des KZ Dachau überrascht gewesen (und enttäuscht, auch schuldig fühlte ich mich), weil so wenige Empfindungen aufkamen. Sperrte sich mein Verstand? Die weite Fläche, wo früher die Baracken standen. Graues Wetter, die Pappelallee. „Versuchen Sie nicht, die Nazis zu verstehen! Es gibt nichts zu verstehen! Man kann ihre Ideologie nicht verstehen!“, sagte die Führerin durch das KZ-Gelände. Weder beim kleinen noch beim großen Krematorium spürte ich etwas. Was hätte ich mit den Großeltern gespielt? Was hätte ich sie gefragt? Was hätten sie mir erzählt? Als ich vor Jahren einmal nach Kritzendorf hinausfuhr, fand ich das Badehaus nicht, wollte ich es nicht finden? Nebelschwaden waren von der Donau her gezogen, ich hatte keinen Überblick bekommen.

6. November
Die Sonne scheint seit Tagen, sie strahlt. Ich bestelle zwei Espressi, Maria kommt zurück von der Toilette. Wir sitzen draußen, Maria setzt ihre Sonnenbrille auf, fragt: „Kommst du oft her?“ „Doch, ja, mehrmals in der Woche.“ Sie holt ihren Tabakbeutel und das Zigarettenpapier aus der Jackentasche, legt beides auf den Tisch, öffnet den Tabakbeutel, nimmt drei Finger Tabak, dreht sich sorgfältig ihre Zigarette.

„Ich wohne um die Ecke. Und es gibt nicht mehr viele Pariser Marktstraßen wie diese hier. In der Rue Montorgeuil kannst du alles kaufen. Ich komme oft wochenlang nicht aus meinem Viertel raus“, sage ich.

„Und deine Arbeit gefällt dir?“

Ich kenne Maria seit der Schulzeit. Sie schreibt mir regelmäßig Postkarten. Sie arbeitet als Regie-Assistentin fürs Theater. Alle paar Monate zieht sie weiter, in die nächste Stadt, zu Festivals nach Südfrankreich, Belgien. Zwischen den Proben macht sie lange Urlaube in Indien, Birma, Südamerika. Eine eigene Wohnung hat sie nicht, wozu auch, lacht sie immer: „Meine Eltern freuen sich, wenn ich für einige

Tage bei ihnen wohne." Sie ist hübsch, schön ist sie nicht.

„Meine Arbeit gefällt mir, ja. Ich bin zufrieden. Wir machen ganz schöne Projekte. Natürlich gibt es Probleme, die gibt es immer, wenn man etwas baut. Die Handwerker sind schlampig in Paris ... Und du?"

„Das Unterwegssein ist schön und interessant, manchmal ist es auch anstrengend. Am Theater fühle ich mich wohl. Das ist einfach meine Welt."

„Eine hart umkämpfte Welt!", sage ich.

„Natürlich gibt es Konkurrenz, aber wenn man hart arbeitet, hat man auch Erfolg. Und wir haben Erfolg. Es ist schön zu sehen, dass sich die Anstrengungen lohnen."

Zu Hause, Claire sitzt an der Übersetzung eines Buchs eines Kölner Soziologen.

„Wie war dein Treffen mit Maria?"

„Sie hat sich nicht verändert, sie spricht viel, lacht viel."

„Worüber habt ihr euch denn unterhalten? Komm doch mal her."

„Ach, über dies und das. Übers Theater haben wir gesprochen, über ihre Reisen, über Paris. Was man so redet, wenn man sich länger nicht gesehen hat. Ich habe sie zum Abendessen eingeladen. Muscheln. Ich habe auch gleich welche eingekauft. Was sagst du dazu?"

„Ist in Ordnung, natürlich, nett."

„Als ich ihr erzählte, dass wir ein Kind erwarten, war sie ganz verunsichert."

„Verunsichert?"

„Ja, ich weiß nicht. Sie war erst sprachlos, danach hatte ich den Eindruck, sie war fast am Weinen."

„Sie hat geweint?"

„Nicht richtig geweint, sie hatte eine Sonnenbrille, so genau sah ich das nicht. Wäre auch unhöflich gewesen."

„Aber dass sie weint ..."

„Vielleicht ist sie unglücklich verliebt, vielleicht wünscht sie sich ein Kind, vielleicht kann sie keines bekommen. Oder sie hat kürzlich eines abgetrieben. Ich habe keine Ahnung."

„Hast du nicht nachgefragt?"

„Ich kann doch nicht nachfragen!"

9. November

Seit Claire schwanger ist, will ich sie immerzu berühren, ihren Körper, der kostbarer geworden ist, die Hände schützend auf ihren Bauch legen, ihre Schultern halten.

Claire schlief auf dem Sofa, ich kniete mich vor das Sofa, schaute sie an, berührte ihr Haar. Sie wachte nicht auf, als ich die knarrende Wohnzimmertür schloss, als ich ging, um meinen Nachmittagskaffee zu trinken.

Ich öffne meine Geldtasche, schaue auf das Foto von Claire, schwanger, stolz auf ihren Bauch blickend, am Canal Saint-Martin.

13. November

Mit Georges im *Grappe*. Er ist aufgeregt, Mitglied einer kleinen Schauspieltruppe. In zwei Tagen sei Premiere ihres neuen Stücks. Sie würden den *Fremden* von Camus geben. Ihr Regisseur habe die Erzählung fürs Theater adaptiert, er spiele die Hauptfigur, Meursault, aber die Inszenierung funktioniere nicht, er fühle sich nicht wohl auf der Bühne, es gebe ständig Streit bei den Proben, spätabends, nach den Proben, laufe er unruhig durch Paris, wütend, aufgeregt, er könne nicht schlafen. „Das wird ein totaler Reinfall!", meinte er, er überlege, ob er aussteigen solle, bestellte sich noch ein Glas Rotwein, war kaum zu beruhigen.

Georges arbeitet als Nachtwächter in einem Krankenhaus, lebt alleine in einer Einzimmerwohnung.

„Georges, du bist immer nervös vor einer Premiere. Du wirst deine Sache gut machen, wie immer."

„Diesmal ist es anders. Ich weiß, dass ich nicht der beste Schauspieler bin, aber diesmal habe ich Angst, mich wirklich zu blamieren. Ich fürchte, es könnte mein Ende als Schauspieler sein."

17. November

Alain erzählt, dass er Philosophie studiere, er zeichne Comics für eine Studentenzeitung. Er sei geborener Pariser. Österreich kenne er nicht. Im Lycée habe er Deutsch gelernt. Drei Tage in der Woche arbeite er im *Grappe d'Orgeuil*, die Chefin sei seine Tante. Sie sei in Tanger geboren. Auch er habe Verwandte in Marokko, fast jeden Sommer fahre er für einige Wochen zu ihnen. Er kenne das Land sehr gut, die Gebirge, die Königsstädte, die Berberburgen, die Oasen. Die wirtschaftliche und politische Lage verbessere sich langsam. Leider aber gebe es im Bildungsbereich keine Fortschritte. Arabisch spreche er kaum, er habe versucht, es an der Universität zu lernen, aber entnervt aufgegeben. Manchmal werde er wegen seines Aussehens auf der Straße beschimpft.

19. November
La patronne sitzt im hinteren Teil des Lokals mit einem älteren Mann arabischer Herkunft, stämmig, er trägt einen Anzug, hat Haltung, er könnte Rechtsanwalt sein, sicher ist er Familienvater. Wie bei einem konspirativen Treffen stecken sie die Köpfe zusammen, doch sie müssen sich erst heute kennen gelernt haben, Alains Tante hat sich mehrmals für sein Kommen bedankt. Meist redet er, sie hört zu, stellt zwischendurch leise ihre Fragen, die Worte gewissenhaft abwägend. Sie sprechen über Algerien, ich höre halb zu, verstehe nicht viel, im Lokal ist viel los: afrikanischer Sozialismus, Religion, Marxismus, über Terror sprechen sie. Sie wirkt enttäuscht von dem, was er ihr sagt, sie ist anderer Meinung als er, hält sich aber zurück. Offenbar gilt es, eine Hierarchie zu wahren. Maria Callas singt. Die beiden trinken *thé à la menthe*. Gegenüber in der *Fromagerie* langweilt sich die Verkäuferin. Alain hat sich die Haare schneiden lassen. Die zwei Säulen links und rechts der Eingangstür sind mir noch nie bewusst aufgefal-

len. Das Telefon klingelt, es klingelt so, wie Telefone vor dreißig Jahren geklingelt haben, es ist ein Modell aus den 1970er Jahren, Alain hebt ab, holt seine Tante zum Telefon. Mein Lieblingstisch hat eine rote Tischplatte, die Sitzbänke sind grün bezogen, der Tisch ist nicht in der Mitte, aber im Zentrum des Lokals, nicht weit vom Tresen, ich kann mit Alain sprechen und den Überblick behalten, bin gegen den hinteren Teil des Cafés geschützt.

Es ist ein Kommen und Gehen im Lokal, jetzt, am frühen Abend. In der Bewegung steht die Zeit. Eigentlich liegt das *Grappe d'Orgeuil* nicht mehr in der Rue Montorgeuil, sondern in ihrer Verlängerung, der Rue des Petits Carreaux, die wenige Meter vor dem *Grappe* beginnt.

Die Einrichtung ist alt, hat sich im Laufe der Jahre nicht verändert. Alte Fotos, Bilder, Vasen, eine Wasserpfeife, ein Ausstellungskatalog über Nofretete, Jugendstillampen, Schwingtür zur Küche, Stehklo. In Österreich hätte man das Lokal alle paar Jahre renoviert und modernisiert. Frankreich bewahrt seine Vergangenheit, es ist ein träges, ein konservatives, es ist ein müdes Land. Ein junger Mann spielt schon seit einer halben Stunde mit seinem Handy, er steht am Tresen, trinkt ein Bier.

Alains Tante und der Unbekannte sprechen weiter miteinander, ihre Stimmen sind gedämpft, ich höre die Wörter Isolierung, Ghettoisierung, Schuldeingeständnis und Extremismus. Alain kehrt den Boden, er ist heute nicht gesprächig. Gestern war Vollmond.

Ein Strauß von dunkelroten, gelborangen, zartvioletten Rosen im Champagnerkübel. Der Tresen ist verfliest, zum Boden hin abgerundet. Ich bestelle noch einen Espresso. Ein älterer Mann kommt herein, schwarze halblange Lederjacke, dunkler Rollkragenpullover, Zigarette im Mundwinkel, bestellt einen Kaffee, nimmt zwei Zuckerwürfel, rührt in seinem Kaffee, schaut sich währenddessen im Lokal um, sein Blick trifft meinen, er sieht aus wie eine Figur aus einem französischen Krimi der 1960er Jahre. Als würden jeden Moment Gabin, Ventura, Belmondo zur Tür hereinkommen.

Attention! Der Unbekannte hebt den Zeigefinger, als er auf Alains Tante einredet. Die beiden streiten zwar nicht, aber ihr Gespräch ist ein Ziehen und Zerren und er verliert an Terrain, flüchtet sich in allgemeine Weisheiten, in Lehrsätze, Leersätze.

Ich praktiziere meine Religion nicht, trotzdem würde ich sie verteidigen, trotzdem bin ich in ihr zu Hause und nur in ihr. Wir werden unser Kind taufen lassen, Claire ist katholisch, es ist ihr wichtig.

22. November

Es zieht, ich fröstle. Glenn Gould am Klavier. Ein Atlantikregen. Rückenschmerzen. Ich bin nicht mehr so beweglich wie noch vor einigen Jahren. Täglich kleine Schmerzen beim Aufstehen, beim Bücken, im Liegen, beim Schuhebinden. Die Steifheit, der Widerstand des eigenen Körpers, sind es die Muskeln, die Bänder, die Gelenke? Dagegen kann ich zwei Stunden lang laufen, mit 18 war mir nach 15 Minuten die Puste ausgegangen.

Der alte Kommunist kommt ins Lokal, er war Philosophieprofessor. Sein Hund heißt Lenin. Alain erzählte mir, dass er mit Sartre gearbeitet haben soll.

Ich höre, wie er zu Alain sagt: „So nimm ihn doch endlich! So sag doch endlich ja! Der Hund braucht einen Platz. Ich setze gerade mein Testament auf. Wenn du Lenin nimmst, bekommst du meine Bücher!"

„Ich weiß doch nicht wohin mit deinen Büchern!", lacht Alain.

Ein flüchtiger Sonnenstrahl wischt über meinen Tisch, über meinen Notizblock. Der Kommunist trinkt seinen Rotwein an der Theke, Alain zwinkert mir zu, während er Biergläser abtrocknet.

Dann sagt der Kommunist: „Ich werde bald sterben, Alain. Ich werde bald sterben. Wir werden wieder oben sein, ich werde es nicht mehr erleben."

25. November
Ich lehne bei Alain an der Theke. „Wird schon alles in Ordnung sein. Du rauchst nicht, du säufst nicht. Du bist gesund, keine Sorge." Er lacht. Und trotzdem die Angst, etwas könnte nicht in Ordnung sein mit mir, der Arzt würde nach der Gesundenuntersuchung sagen, ich hätte einen Tumor oder ein Magengeschwür, jetzt, wo ich Vater werde, gebraucht werde, eine Familie ernähren muss.

29. November
Bei den Gemüsehändlern wird das Angebot immer dürftiger. Ich kaufe Lauch, Kartoffeln, Bohnen, gelbe Rüben, Sellerie, Äpfel, einen Kürbis.

Alle Tische sind besetzt, Alain hat zu viel zu tun, um mit mir zu reden. Ich höre dem Gespräch einer Touristengruppe zu. Zwei Paare, sie kommen aus Dresden, die Männer sind Ingenieure. Sie sprechen über die Streiks der Bahn, über Kindergärten, Sparbuchzinsen, Dieselmotoren, über den Sommerurlaub in Mexiko, Halloween, Schnecken im Gemüsegarten.

Gestern kam ein Paket meines Vaters, darin die Tagebücher meines Großvaters aus den 1930er Jahren, er hatte sie beim Aufräumen gefunden.

9. Dezember
Mit Anna, sie macht drei Tage Urlaub in Paris, im *Grappe d'Orgeuil*:

„Sie heißt Claire. Seit zwei Jahren sind wir zusammen. Sie ist aus der Nähe von Brest."

„Brest liegt in der Bretagne?"

„Ja, eine alte Hafenstadt."

„Und ihr seid ... glücklich?"

„Sind wir, ja, Claire ist im fünften Monat schwanger."

„Wow! Gratuliere! Das ist ja eine Riesensache."

„Ja, das ist es. Das ist wunderbar."

„Dann heißt das wohl, dass du in Frankreich bleiben wirst."

„Das heißt es wohl, ja."

„Und Wien vermisst du nicht?“

„Eigentlich nicht. Ich fühle mich wohl hier. Die Frage, ob ich mich in Wien wohler fühlen würde, stelle ich mir nicht.“

„Und deine Familie?“

„Es ist unmöglich, in Wien als Jude ein normales Leben zu führen. Ich bin nicht gläubig, aber hier in Paris ist das Leben leichter. Hier muss ich nicht ständig erklären oder mich rechtfertigen. In Wien gibt es nur zwei Möglichkeiten: Entweder voll und ganz in der jüdischen Gemeinde zu leben oder mein Judentum zu verleugnen. Ein Dazwischen gibt es nicht.“

„Du bist der einzige Jude, den ich kenne.“

Anna erzählt vom Selbstmord eines gemeinsamen Freundes aus dem Studentenheim. Er habe zwei kleine Kinder und seine Frau zurückgelassen. Man wisse nicht, warum er sich umgebracht habe, er sei immer sehr für sich gewesen, introvertiert, hätte sich zurückgezogen. „Er ist noch nicht einmal 35 gewesen. Als ich es erfahren habe, bin ich in die nächste Kirche gegangen und habe eine Kerze für ihn angezündet.“ Sie erzählt von Sabine, seiner Frau, die jetzt Alleinerzieherin sei, auch nicht auf die Hilfe ihrer oder seiner Eltern zählen könne, dass es Wahnsinn sei, seine Familie zurückzulassen, dass Selbstmord egoistisch sei, dass man Egozentriker sein müsse, um sich umbringen zu können.

Ich antworte, dass man sich nicht zum Richter aufspielen dürfe, aus der Distanz. Man könne die Menschen nicht so schnell verurteilen. Jedem seine Wahrheit. Jeder habe das Recht auf Selbstmord.

Eine Freundin von ihr sei seit einem Jahr verschwunden, sie sei in einem Lokal an der Alten Donau verabredet gewesen, dort aber nicht angekommen. Die Suche der Polizei sei erfolglos geblieben. Freunde hätten im Internet eine Homepage eingerichtet, auch ohne Erfolg.

„Wir reden zu viel vom Tod“, sage ich.

„Aber unsere Welt beginnt zu sterben“, sagt sie, „Wir werden älter. Unsere Eltern sind bald siebzig.“

12. Dezember

Die Schwangere, die ich so oft im Café sah, Zeitung lesend, Perrier trinkend, war heute nach längerer Zeit wieder da, stolz schob sie den Kinderwagen. Wir lächelten uns zu.

14. Dezember

Ob der Fischhändler von schräg gegenüber glücklich ist? Jedes Mal, wenn ich im Café bin, schaue ich ihm zu, er arbeitet schnell, kennt viele seiner Kunden, wechselt einige Worte mit ihnen, sicher wird er Gicht bekommen, denke ich, jeden Tag ins kalte Eis greifen, ob er auf eigene Rechnung arbeitet? Man kann doch die Menschen nicht einfach fragen, ob sie glücklich sind. Öfter schon kaufte ich Fisch bei ihm.

17. Dezember
Alain erzählt, dass der alte Dicke, der ins Café kommt, um über seinen Pferdewetten zu grübeln, Spanier sei, gegen Franco gekämpft habe, später nach Frankreich geflohen sei, einige Jahre in Toulouse gelebt habe, wo es viele Spanier gebe, dann nach Paris gekommen sei und als Redakteur bei *L'Humanité* gearbeitet habe. Man sagt, dass er Spielschulden habe, erzählte Alain.

19. Dezember
Vor einigen Tagen seien der Musiker, ein Geiger, und der Steuerberater ins Streiten gekommen, erzählte Alain. Über Kulturförderung hätten sie zu streiten begonnen, zögernd erst, aber plötzlich sei der Streit eskaliert, der Musiker habe den Steuerberater als Faschisten beschimpft, dann hätten sie sich geschlagen, zuletzt habe der Geiger dem Steuerberater mit der Faust ins Gesicht geschlagen und sich dabei die Hand verstaucht.

Jetzt trinkt Alain mit den beiden ein Versöhnungsglas, die Hand des Geigers ist bandagiert.

Der alte Spanienkämpfer kommt rein, bestellt einen halben Liter Weißwein, schlägt seine Wettzeitungen auf, breitet sie auf den schmalen Tisch, liest aufmerksam, notiert. Die Weinkaraffe ist schnell ausgetrunken.

Claire schläft viel.

23. Dezember
Es regnet ganz leicht, ganz fein sind die Regentropfen, wie Seidenfäden, die sich verzwirbeln. Zwei Tauben vor dem Eingang des Cafés. Alain ist zu Besuch im Café, heute hat er frei, er trinkt Kaffee mit seiner Tante. Der Straßenkehrer schiebt seinen Wagen vorbei. An Wien denke ich, im Internet las ich heute Morgen, dass die Stadt im Schnee versinke, mehr als zwanzig Zentimeter seien gefallen. An weiße Weihnachten denke ich. Dass meine Eltern mit uns Kindern Weihnachten gefeiert hatten, damit wir uns nicht benachteiligt fühlten. Jetzt, wo wir alle aus dem Haus sind, feiern sie nicht mehr.

3. Jänner
Wie jeden Abend bekommt der Obdachlose von den Obst- und Gemüsehändlern, den Käse- und Wurstverkäufern Übriggebliebenes. Der Obdachlose, ein etwa sechzigjähriger, bärtiger, grober Mann, kommt mit seinem voll bepackten Fahrrad, grüßt murmelnd ins Café. Er sammelt die Müllsäcke der Händler ein, schlichtet sie auf einen Haufen. Langsam geht er, er trägt Sportschuhe und einen groben grauen Wollmantel, die lebensrettende Hülle.

5. Jänner
Am Nebentisch erklärt ein junger Künstler einer Galeristin aus dem Marais seine Kunstwerke. Sie trägt eine rote Brille, bestellt sich ein Glas Champagner. Alain schaut misstrauisch, als er ihr das Glas Cham-

pagner und ihm einen Espresso bringt. Der Künstler erklärt, er arbeite in einem Buchantiquariat, das auch Landkarten verkaufe. Dabei sei ihm die Idee gekommen, mit Landkarten zu arbeiten. Er suche sich Orte, die politisch, geschichtlich von Bedeutung seien, deren Namen man kenne, aber nicht immer topografisch verorten könne. Srebrenica etwa, Sarajewo, Maastricht, Belfast oder Verdun. Er scanne die alten Landkarten und bearbeite sie mit dem Computer, verändere die Topografie, leite etwa Flüsse um, benenne Gebirge neu, lösche oder füge hinzu, schaffe neue Landschaften. Es gehe ihm darum, die Zuschauer zu irritieren, einen neuen Blick auf die meist negativ konnotierten Orte zu schaffen. Ich finde seine Idee gut, er holt die bearbeiteten Karten aus seiner Mappe, zeigt sie der Galeristin. Sie macht sich nicht die Mühe, höflich zu sein, erklärt ihm, ihr Programm stehe bis zum nächsten Frühjahr, sie sehe keine Möglichkeit, seine Karten auszustellen, seine Ideen kämen ihr nicht sonderlich originell vor, außerdem arbeite sie nur mit wirklichen, mit hauptberuflichen Künstlern, die sich mit ihrer ganzen Energie für ihre Kunst einsetzen würden, „die das Wagnis der freien Künstlerschaft wagen und leben“, wie sie es formuliert. Dann kramt sie in ihrer Handtasche, meint, sie müsse jetzt gehen, habe gleich eine Sitzung mit anderen Galeristen, gibt ihm schnell die Hand und geht, ohne zu bezahlen. Der junge Künstler schaut lange auf seine Karten, Alain bringt ihm ein Glas Wein, nickt ihm aufmunternd zu.

7. Jänner
Kaum einmal rede ich mit den anderen Gästen. Es genügt, sie zu sehen, zu wissen, dass sie da sind, dass sie wiederkommen werden.

Jedes Mal, wenn ich in Wien war, kehre ich verwirrt nach Paris zurück. Wien zeigt sich entweder von seiner schönsten Seite oder von seiner hässlichsten. Paris ist mild, das Klima ist mild, den Menschen zuträglich. Sonntags, wenn es weniger Verkehr in der Stadt gibt, riecht die Luft salzig, riecht sie nach dem Atlantik. Stündlich leert und füllt sich das *Grappe d'Orgeuil*, wie Ebbe und Flut werden Menschen ins Lokal gespült und wieder hinausgetragen. Es ist ein Lokal zum Reden, nicht zum Geschäftemachen.

12. Jänner
Ein alter, elegant gekleideter Mann spricht mich in gebrochenem Deutsch an, fragt, woher ich denn käme. Er habe gesehen, dass ich den *Spiegel* lese. Ich sage ihm, dass ich Österreicher sei, aus Wien, dort und in Lyon Architektur studiert habe und jetzt in Paris als Architekt arbeite. „Ein schöner, ein wichtiger Beruf", meint er, „ich bin mein Leben lang Händler gewesen." Er habe Stoffe und Kleidung importiert und exportiert, er habe seinen Beruf geliebt, er sei viel gereist. Man brauche eine Nase für ein gutes Geschäft. Die habe er gehabt. Er habe gute Geschäfte gemacht, sehr gute, sehr lukrative. „Es ist etwas sehr Schönes, ein gutes Geschäft zu machen." Er könne das Geld, das er verdient habe, nicht mehr aufbrauchen. Er sei zu alt,

um große Reisen zu machen. Mit dem Wetten habe er aufgehört. Früher habe er sehr viel Geld für Frauen ausgegeben, aber das interessiere ihn nicht mehr. Er habe einen Geschäftspartner in Wien gehabt, mit ihm habe er vor dem Fall des Eisernen Vorhangs Geschäfte mit den Kommunisten abgewickelt. Nach dem Krieg sei er in Wien als Besatzungssoldat gewesen. Dort habe er Deutsch gelernt. Seine Kameraden hätten die Deutschen und Österreicher gehasst und meist auch schlecht behandelt. Er habe viele Romanzen gehabt. „Ich war ein Casanova!“, sagte er mit einem stolzen Lächeln, aber er müsse zugeben, dass es damals für die Besatzungssoldaten nicht schwer gewesen sei, ein Mädel zu bekommen. Wien sei damals ziemlich zerstört gewesen, trotzdem sei er gerne in der Stadt gewesen. „Aber ihr Österreicher habt euch nicht geändert!“, sagt er, „ihr habt Waldheim gewählt und Haider, ihr habt nichts gelernt.“ „Ich habe beide nicht gewählt“, sage ich und überlege, ob ich ihm erzählen soll, unter welchen Umständen meine Vorfahren getötet worden waren, ich lasse es gut sein.

15. Jänner
Der Kommunist sei gestern ins Krankenhaus eingeliefert worden, erzählt mir Alain, als ich ihn frage, was Lenin hier mache, der hockt beim Eingang, schaut auf die Straße hinaus. Er kümmere sich um den Hund, wenn er arbeite, müsse er ihn ins Café mitnehmen. Der Hund fühle sich wohl hier. Ich gehe zu Lenin, kraule und streichle ihn. Zurück an der

Theke sagt Alain: „Ich liebe das Leben. Das ist nicht selbstverständlich heute. So viele Menschen hassen sich, werden von tausend Problemen zerrieben, hassen ihre Stadt, hassen ihre Partner. Ich will das Leben, ich will die Menschen verstehen. Ich lebe gerne. Aber ich habe das Gefühl, dass ich an der Universität nicht weiterkomme." Er schenkt mir ein zweites Glas Rotwein ein. „Ich arbeite an einem Comic über diese Straße, über ihre Menschen. Es soll *Leben und Sterben in der Rue Montorgeuil* heißen", sagt er. Ich nicke anerkennend, lächle ihm zu. Während er ins Lager geht, um ein Bierfass zu holen, nehme ich meinen Rotwein und Zeitungen, setze mich an meinen Lieblingstisch, lese *Libération,* dann *Le Monde,* bemerke, als ich einen Artikel über das Atomprogramm des Iran lese, dass sich schon seit Minuten der Gedanke, dass es mir gut geht, neben mich gesetzt hat und mich freundlich anlächelt. In Eintracht sitzen wir nebeneinander. „Paris tut mir gut, Claire tut mir gut. Und es tut mir gut, dass ich Vater werde", denke ich und, „ich habe Claire, ich habe die Stadt, ich habe das *Grappe d'Orgeuil.*"

Inhalt